北辺の地の点描

四つの物語

野上勇一
NOGAMI Yuichi

文芸社

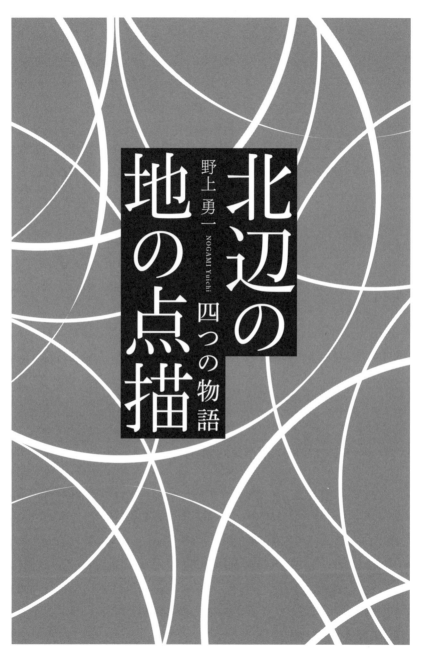

目次

摩周忍冬《すいかずら》

摩周忍冬

一

秋の夜も更けて灯油ランプの灯は仄暗い。灯油ランプは六畳の居間の天井から鉄の細い鎖で吊るされている。電球の輝きよりも遥かに頼りない光である。その弱々しい光を透かすようにして大人たち三人が熱心に話し込んでいた。彼らは淳二《じゅんじ》の父母と聖子《せいこ》の母である。三人の話の合間に時折、隣室の和室で横たわっている聖子の父がぽつりと口を挟む。聖子の父は薄っぺらな蒲団の間から首だけを出して仰向けになっていた。聖子の父が寝ている六畳間の和室にはランプがない。それゆえ薄暗い。それでも居間と和室を仕切っている障子戸を開けているので、微かに届く居間からの明かりが聖子の父をまるで影絵のように浮き立たせていた。聖子の父は肺を病んでいて臥せっているのだ。

淳二と聖子はそんな大人たちを黙って見詰めていた。その淳二と聖子は彼らの父親が兄弟だから二人はいとこになる。だから姓は同じ北原《きたはら》で、それに同い年の小学六年生だった。

大人たちが熱心に話し込んでいるのは彼らの今後の生活の行く末のようだった。

「この家に電気はないの」

淳二が小声で傍にいる聖子に尋ねた。

「ここは摩周湖に近いの。水里《みずさと》でも人里離れた一番の山奥よ。だから私の家には電気はないの」

聖子はきっぱりと言った。電気のないランプだけの夜は淳二にとって驚きだった。しかし、淳二の気持ちは満ち足りていた。久し振りに空腹が満たされたからだ。それにしても、淳二は水里に来たその日のうちに空腹が満たされるとは思ってもいなかった。敗戦で淳二たち一家が樺太《からふと》から着の身着のままで北海道に引き揚げ、食糧難続きの各地を転々と渡り歩いて約三年、まさに数時間前に水里に辿り着いたばかりだったからである。敗戦後、淳二の父が安定した職に就けず生活に困窮を極めていたとき、聖子の父から水里に来るよう誘いを受けたのである。水里で畑作を営んでいた聖子の父が肺病で健康を損ねていたので、二家族が共同で畑作営農に携われば、お互いの生計に有益なのではないか、という提案だった。その聖子の父の提案に飛びつくようにして淳二たち一家は水里にやって来たのだ。水里は寒冷地だから水田がない。水里では米の代わりに麦や馬鈴薯それに豆類やカボチャなどが主食である。だが、米はなくても、これからはいつも空腹を満たすことができると思うと、淳二の気持ちは安らぐのだった。満ち足りていた淳二はゆらゆらと揺れるランプの炎を物珍しそうに無心で眺めていた。大人たちの会話は延々と続いている。それもそのはず、彼らにとっては十数年振りの再会だったのだ。

大人たちの会話は深夜になって漸く途切れがちになった。すると急に彼らは居間と和室の六畳二間に夜具を敷き始めた。そして敷き終えた夜具に素早く潜り込んだ。淳二がそんな大人たちをぼんやり眺めていると、

「淳二、早く寝なさい」

と淳二の母から叱責が飛んだ。聖子もいつの間にか夜具に潜り込んでいた。淳二は慌てて、寝間着に着替えずに空いている夜具に滑り込んだ。ランプの灯が消えて直ぐに誰もが寝静まってしまった。だが、何故か淳二は寝そびれてしまった。気がついてみると、淳二はいつしか一人深い闇の中に取り残されていた。その暗闇に途切れることのない小川のせせらぎが音を立て、風が吹き抜けて木々がざわめき、時折遠くでキタキツネやフクロウが鳴き声を立てた。淳二にとって不安で心細い闇が果てしなく続いていた。その闇の直中に淳二は身を堅くして横たわっていた。雑木林に囲まれ他に人家の見当たらない水里の外れである。淳二は息を潜めて夜が明けるのをじっと待ち続けた。淳二が水里にやって来た最初の夜だった。

翌朝、淳二は荒れ果てた空き家を見詰めていた。淳二は父母と一緒に、これから自分たちの住まいとなる家屋の点検にやって来たのである。その家屋は聖子たちの住まいから百メートル足らずの近くにあった。三角屋根のほぼ真四角の小さな家屋である。しかも、廃屋に近い古い建物だった。トタン葺きの三角屋根は錆で赤くなっていた。古い板壁が黒ずんで何枚かは朽ち

かけていた。淳二たち親子三人は家屋の中に入った。部屋は居間と台所、それに畳の部屋が二室でそのどれもが六畳間だった。台所には飲み水を入れる大きな瀬戸物の水瓶があった。そして台所から通じる下屋には風呂と便所があった。風呂は鉄製の五右衛門風呂である。水瓶も五右衛門風呂も淳二にとって初めて目にするものだった。また、窓の一部には窓ガラスの代用の明かり取りとして、水に溶かした澱粉を加熱して作った糊が塗り込まれた細かいメッシュの金網がはめ込んであった。淳二たちはそんな家屋の一通りを点検してから外に出た。すると父の良三《りょうぞう》は直ぐに道具箱から大工道具を取り出して家の補修に取りかかった。

「うーん、これは思ったよりも手強いぞ」

外れかかった板壁の補修をしながら良三が呻くように言った。淳二が百メートル程先の聖子の家に視線を移した。朝日に照らし出された聖子の家もやはり古くてみすぼらしかった。淳二は朝食のとき板張壁のところどころに節穴があり、そこから日の光が差し込んでいた聖子の家の様子を思い浮かべた。

「あなた、水はどうするの。井戸がないわよ」

家屋の周囲を見回っていた母の松江《まつえ》が叫んだ。

「そのうちに井戸を掘るよ」

良三がいとも簡単に答えた。

「井戸を掘るって大変でしょう」

「なに、数メートルも掘れば水が出るから」

良三の話によれば、水里は豊富な湧水に恵まれているという。摩周湖の湖水が深い地層をくぐり抜け、伏流水となって水里のあちこちに湧き出ており、それも湖水が自然の力で極限まで濾過された透明な湧水だというのだ。そして、これらの湧水が小川に流入し水里を流れているので、水里では地面を掘ると数メートルで摩周湖の湖水が湧き出てくるというのである。

「ところで淳二、水を汲んでこい。台所の水瓶を一杯にしておけ」

そう良三が言って聖子の家のほうを指差した。聖子の家の傍に井戸がある。いつの間に用意したのか、良三は淳二に天秤棒と一斗缶であつらえたバケツを手渡した。聖子の家の井戸から滑車のついた釣瓶で井戸水を汲み上げ、一斗缶のバケツでそれを運んで来い、と良三が淳二に指示したのだ。淳二は天秤棒にバケツを吊るして肩にそれを担いで聖子の家の井戸に向かった。井戸は浅かった。淳二は井戸を覗き込みながら釣瓶を井戸の底に見える水面にポチャンと落とした。そしてカラカラと音を立てて滑車で釣瓶を井戸の底から引き上げた。途中、釣瓶が傾いて釣瓶の中の水がバシャ、バシャと音を立てて井戸の底に少し零れ落ちた。淳二は汲み上げた釣瓶の水に口をつけてその水を飲んでみた。驚くほど冷たい水である。淳二は物珍しそうに釣瓶の中の水を覗き込んだ。釣瓶の中の透明な水が風にそよぐ木の葉の影をゆらゆらと映していた。するとそのとき、不意に淳二は水の中に人影らしきものを感じた。顔をあげて後ろを振り返った。思いがけなく淳二の背後に聖子が立っていた。聖子の黒い大きな瞳が淳二を直視した。

淳二はその瞳に吸い込まれそうな錯覚を覚えた。聖子の上半身には白い木綿のランニングシャツしか纏っていなかった。彼女の顔も華奢な体も小麦色に日焼けしていた。淳二はそのとき訳もなく狼狽して、たった今、井戸から汲み上げたばかりの釣瓶の水をバケツに入れ損ないそうになった。瞬間、聖子は釣瓶を淳二から奪い取り、ザアーとバケツに水を入れてそれを淳二に手渡した。そのとき、淳二は聖子の細い腕にできた筋肉質の力こぶを見て息を呑んだ。二個のバケツは直ぐに井戸水で満杯になった。淳二は天秤棒に吊るした二個のバケツの水を肩に担いだ。それから聖子は黙ったまま何回か釣瓶で井戸水を汲み上げ一斗缶のバケツに注ぎ込んだ。

意外にもそれは重かった。淳二は十数メートル程歩んだところで足下がふらついた。バケツの水がチャプ、チャプ、チャプと音を立てて揺れて地面に零れ落ちた。淳二は慌ててバケツを地面に下ろした。その途端、後ろからついて来た聖子がそのバケツを吊るした天秤棒を肩に軽々と担いで歩き始めた。一瞬、華奢な聖子の身のこなしに淳二は驚いた。慌てた淳二は二個のバケツを吊るした天秤棒を聖子から無理やり奪い取った。途中ふらつきながらも、淳二は何とか良三のところまでバケツの水を運ぶことができた。

「淳二、ふらついて、だらしないぞ。これから暫くはお前が水を運ぶことになるんだ」

淳二と聖子の様子を見ていた良三が笑いながら言った。淳二は父の良三の言葉には応えず黙って家屋の裏口から台所に入り、バケツの水を水瓶にザアーと音を立てて空けた。そして直ぐに井戸水を求めて外に出た。一瞬、眩しい日の光に淳二は晒された。すると知床《しれとこ》半島にそびえる蒼い斜里岳《しゃりだけ》が森の遠くに望めた。淳二は斜里岳を目にしながらその彼方に広がるオホーツク海に思いを馳せた。水里は摩周湖から僅か十数キロメートル程の山裾に位置している。それに摩周湖は標高八百五十メートル以上もの山地に形成されたカルデラ湖である。だから摩周湖に最も近い人里で水里の奥地にある淳二たちの住まいも起伏の多い丘陵地に位置していた。それゆえ、淳二は家屋が建っている高台の畑地から雄大な斜里岳の遠景を望むことができたのだった。

淳二が水里にやって来たのは九月である。そのとき、水里では馬鈴薯の収穫の真っ最中だった。農繁期には子供たちも畑作業に駆り出される。だから水里の小・中学校は農繁休暇中だった。それで淳二は水里に来た翌々日から馬鈴薯畑で芋拾いをすることになった。

馬鈴薯の収穫作業の手順はまず、数町歩《ちょうぶ》に広がる馬鈴薯畑の畝に沿って大人たちが馬鈴薯の一株一株を鍬で掘り起こす。それを淳二と聖子が金網のかごに拾い集めて、馬鈴薯を掘り起こした畑地の中に五俵ごとに馬鈴薯の山を築いていく。その山は一時的な馬鈴薯の集荷である。後日、この馬鈴薯は工場に運搬し澱粉に加工されることとなる。馬鈴薯の収穫作業は淳二にとって単調で骨の折れるものだった。淳二は直ぐにその作業に飽き飽きした。何よりも中腰で芋拾いを続けているとたちまち腰が痛くなる。ときどき淳二は聖子の様子を窺った。聖子は脇目も振らず芋拾いに没頭している。聖子の動きは素早かった。大人たちが掘り起こした馬鈴薯の芋の一つ一つを中腰の状態で拾い集めかごに放り込む。馬鈴薯の品種は澱粉の原料となる紅丸である。その名にふさわしく掘り起こされた芋は紅色である。聖子は紅色の芋でかごが一杯になるや否やかごを手に取り小走りで集荷箇所に向かう。そこにかごの芋をガラガラーと勢いよく空けるなり、また小走りで掘り起こされた馬鈴薯畑に戻り間髪を入れずに芋拾いに没頭する。そんな聖子を横目に淳二はときどき中腰で痛くなった腰を伸ばしながら芋が散乱している畑から顔をあげるのだった。するとその途端、

「淳二、気を抜くな」

と、芋拾いの手が疎かになっている淳二に良三の叱責が飛んでくる。びくっとして淳二は慌てて芋拾いに手を伸ばす。その度に淳二がそっと聖子を盗み見する。聖子は淳二の様子に全く気付いていないのだろうか。彼女は相も変わらず脇目も振らず芋拾いに没頭しているのだ。淳二は聖子の身振りを目の当たりにして、自分は到底、水汲みも芋拾いも聖子には敵わない、と思った。

二週間程ではあったが、淳二にとって長かった馬鈴薯の収穫作業が漸く終わった。水里に来て初めての慣れない農作業だった。ほどなくして学校の農繁休暇も終わり、淳二は聖子と一緒に学校に通うことになった。小・中学校が併置された全校生徒が四十名程の僻地校だった。学校までは六キロメートル程である。その道程を淳二と聖子はいつも一緒に通った。そのうえ、同級生の彼らは少人数の学級だったので、常時同じ教室で過ごすことになった。加えて彼らは

下校後も直ぐに畑に出て大人たちの農作業を手伝ったので、結局、淳二と聖子は一日の大半を一緒に過ごすことになったのである。

二

オホーツク地方の水里は寒冷地帯である。とりわけオホーツク海が流氷で閉ざされる冬の寒気は厳しかった。流氷で極度に冷やされた海風が水里を吹き抜けるからだ。水里がそんな寒風に晒される極寒の最中だった。肺病だった聖子の父、清一《せいいち》が亡くなった。それは淳二が水里に来て二年目の冬のことだった。清一は数年前から肺を病んでいて、淳二たちが水里にやって来たときには既に床に臥せていて寝たきりだった。それなのに北原家は困窮していたので、清一は医師の治療を一切受けることはなかった。それで結核が家族に感染する恐れがあるため、清一は障子戸を閉め切った六畳の和室で一日中横になっていた。ただ、聖子だけが食事の用意など、清一の身の回りの世話をしていた。その間、清一の妻の美子《よしこ》は家計を支えるために、清一の弟の良三に助けられながら必死になって畑作業に没頭していた。淳二は隣家で臥せっている清一と殆ど顔を合わせることはなかった。死に直面しつつある清一に会うのが怖くて避けていたのである。それでも何かの折に聖子を訪ねたとき、ときたま和室の障子戸が開いていて清一を目にすることがあった。淳二はそんなときの清一の姿が脳裏にこびりついて忘れることができなかった。げっそりと痩せこけた頬と落ちくぼんだ目、それに蝋人形のように青ざめた顔の色。そして妙にギラギラとあたりを見回していた異様な清一の目つき。淳二が普段目にする水里の人々は誰もが顔など肌は褐色に日焼けしているのだ。だから青白く痩せこけた清一に違和感を覚えて、その場から逃げ出したくなるような気分に襲われた。そんな清一は喀血《かっけつ》して亡くなった。そのとき妻の美子は泣かなかった。ただ聖子だけが激しく号泣した。延々と続いた号泣の後で、聖子は放心したように塞ぎ込んでしまった。清一が荼毘に付されて数日が過ぎても、聖子の異常なまでの寡黙は続いた。ときどき淳二はそんな聖子の様子を窺った。そんなとき聖子の目の色は決まっていつも物憂げだった。淳二は聖子の物憂げで虚ろな目の色に戸惑いを覚えるのだった。

　聖子の父、清一が亡くなっても淳二たちの日常にあまり変化はなかった。長年、清一が病床に臥せっていたからである。それで松江はこれまでと同様に夫の良三と美子の采配に従って農作業をこなす日々を過ごしていた。松江は水里に来るまで農作業の経験がなく畑作業が苦手なようだった。ときどき、淳二は畑作業の最中に松江が良三と美子から離れて、一人だけポツンと取り残されている姿を見かけることがあった。清一が亡くなった翌年、淳二はそんな松江との衝撃的な別離に遭遇した。淳二が中学三年生になったばかりの四月、突然、松江が水里を出奔したのである。そのとき、水里では畑作の蒔付けが始まり、春の小・中学校の農繁休暇も目前に迫っていた。

その日、松江は畑作業に出ているはずだった。それなのに淳二の下校中に突然、松江が淳二の前に姿を現したのである。淳二は思わず「母さん」と声をあげた。淳二と一緒だった聖子も驚いたように松江を見ていた。松江は道端の木陰に潜んでいたようだった。

「淳二、ちょっと、こちらへ」

道端に立ったまま松江が淳二を手招きした。淳二は小走りで松江に近づいた。松江は真剣な眼差しで淳二を凝視していた。淳二は普段とは様子が異なる松江に違和感を覚えた。松江は和服姿の正装だった。長着の上に紫の羽織を纏っていた。それに大きな風呂敷包みも手にしていた。淳二が滅多に目にすることのない松江の和服姿である。松江からきつい脂粉の臭いがした。松江の日焼けしたいつもの顔は真っ白で、唇の色は真っ赤だった。淳二は松江が厚化粧をしていることに気がついた。

「母さん、水里を出て行くから」

「えっ、出て行くって」

意外な言葉に淳二は思わず聞き返した。

「母さんはもう水里には戻らない」

「母さん、どういうこと」

淳二は驚いて松江の顔をまじまじと見た。その表情は硬かった。

「詳しいことは父さんに聞いて。ただ……」

「ただ、何なの」

と、淳二は訝しげに尋ねた。

「実はね、淳二は私の実の子供じゃないの」

「まさか、そんな」

意外な松江の言葉に淳二は息を呑み絶句した。

「淳二は私の姉の子なの。だから、私が水里を出て行った後、淳二は自分の自由にして良いのよ」

松江が伏し目がちに弱々しく言った。そして突然、松江は走り出した。家路とは反対の街の方向である。見る間に松江は淳二から遠ざかった。淳二にとってそれはあまりにも不意で一瞬のことだった。淳二は声もなくその場に立ち尽くし松江の後ろ姿をただ見詰めていた。そのとき、聖子が淳二に近づいて来た。聖子は道端で息を潜めるようにして淳二と松江の様子を窺っていたようだった。淳二は松江に何があったのか事情が呑み込めなかった。淳二は息苦しくなった。淳二は聖子に声も掛けずに黙々と家路を急いだ。家に帰ると意外にも薄暗い茶の間に父の良三がいた。良三は薪が燻っているストーブの前で厳しい顔つきで胡座を掻いていた。

「母さんはいないぞ」

良三は吐き捨てるように言って険しい目つきで淳二を見た。そして黙って一枚の便せんを淳二に手渡した。それは松江から淳二に宛てたメモだった。

　淳二
　母さんは訳あって水里を出て行きます。
　もう家には戻りません。
　ごめんなさい。
　体に気をつけて下さい。
　　　　　　　　　　松江

淳二は松江が家を出て行ったいきさつが分からず良三の顔色を窺った。

「母さんが、具合が悪いと言って、午後から仕事を休んだので様子を見に来たらこの様だ。母さんがいなくて仕事が捗らず困っている。淳二、直ぐ畑に来い」

良三はそう言い放って立ち去って行った。

淳二が野良着に着替え畑に出ると、良三と聖子の母の美子が馬の馬具を整えながら何やら親密そうに話し込んでいた。聖子は既に畑に来ていた。良三は淳二を見るなり馬のくつわを取るように言った。たった今、美子が午前中に耕した畑の土塊を農耕馬が曳く砕土機のハローで細かく砕いたという。その畑に麦の種子を蒔付けるので畝を切るのだ。農耕馬が畝切機を曳く。農耕馬の手綱を良三が捌く。淳二はその農耕馬を制御する手綱に連結し、農耕馬の口にはめ込んだくつわを取って、畝が曲がらぬよう耕した畑の中を農耕馬と併進するのだ。淳二は農耕馬が苦手である。恐る恐るくつわを取っている淳二の顔の直ぐ傍に農耕馬の、人間よりも数倍大きな顔がある。潤んだとてつもなく大きな農耕馬の目が血走っている。ときたま「ブルル」と農耕馬が鼻を鳴らすと気持ちの悪い飛沫が農耕馬から淳二の顔に飛び散った。農耕馬の鼻汁と唾液だった。それに農耕馬が頻繁に、くつわを手に取った淳二を嫌がるように首を左右に振る。農耕馬の首の力は強い。時には首を振る農耕馬の力に負けてふらつくことがある。すると農耕馬が淳二の歩みに沿って蛇行気味となり畝切りが曲がるのだ。良三がその度に「真っ直ぐ歩け、真っ直ぐ歩け」と声を荒げる。松江の家出のこともあってか、それでも淳二は集中力を欠いて蛇行する。ついに良三の怒号が飛んだ。

「いい加減にしろ。全く駄目な奴だ。あれと同じだ」

淳二は思わず立ち止まった。良三が罵った「あれ」とは母の松江のことなのだ。農耕馬が曳く畝切機では畑の両端の畝が切れない。農耕馬が畑の末端に到着しても畝切機はその後方にある。それで聖子と彼女の母の美子が鍬で畑の両端の畝を切っていた。その聖子が良三の怒声を聞いて淳二のもとへ駆け寄ってきた。

「淳ちゃん、私が代わる」

聖子が淳二の手から馬のくつわを奪い取った。聖子の農耕馬の先導は見事だった。聖子は農耕馬と一体となって農耕馬を難なく先導するのだ。淳二から見て聖子の仕事振りはいつも完璧である。聖子の父が病弱だったので、幼少のときから聖子が家業の手助けをしてきたからだという。しかし、淳二も野良仕事に出てからもう三年にもなる。それなのに彼はまだ野良仕事に慣れないのだ。思えば母の松江もそうだった。良三や美子の半分も農作業をこなすことができなかったのだ。それゆえ、松江は水里で空腹が満たすことができたとは言え、芋やカボチャと麦飯の貧しい先の見えない生活、それに過酷な労働に嫌気がさしたのだろうか。淳二は聖子と代わった畑の端の畝切りをしながら家を出て行った松江の心境を思い巡らせた。

夕方、畝切りが一段落した。聖子が淳二にそっと囁いた。

「松江おばさん、工場の男の人と一緒ですって。あの髭の濃い若い人。お母さんから聞いたの」

聖子が言う髭の濃い男とは、一年程前から農産加工場に出稼ぎに来ていた男である。背が高く際立って色白の男だった。そのとき、自分は母に捨てられたのだという悲痛な思いに淳二は囚われたのだった。

三

松江が水里を出て行った年の九月中旬だった。水里では麦類の刈り取りや馬鈴薯の収穫も終えて農作業は一段落していた。その日は日曜日で淳二にとっては久し振りの休息日である。淳二は六畳間の和室に仰向けに寝転がっていた。そして風に揺れる家の傍の林を窓越しに眺めていた。戸外は風が鳴って林が大きく揺れていた。林の樹木は殆どが白樺である。白樺の木質は柔らかい。だから風で大きく揺れる白樺の枝は今にも折れそうである。淳二がそんな窓外の情景を意味もなく見続けていたときである。彼の視界に聖子の姿が不意に飛び込んできた。聖子は風で乱れる髪の毛を片手で押さえ俯き加減でやって来た。

「淳ちゃん」

玄関口のほうから澄んだ聖子の声がした。淳二は慌てて身を起こした。玄関口に立っている聖子の顔つきは何故か強張っていた。

「お母さんたちのこと、知ってる。今日、二人で川湯へ出かけたのよ」

「ああ、今朝、父さんから聞いたばかり」

淳二がさり気なく答えた。

「私も今朝、聞いたの。一泊で二人が温泉に出かけるなんて。私、お母さんが許せない」

聖子は怒っているようだった。彼女の声が心なしか震えていた。水里から川湯は汽車で峠を越えて行く隣町の温泉街である。良三は淳二にただ一言「馬の世話を忘れるな」と言い残して家を出て行ったのだ。一人家に取り残された淳二は苛立たしい思いに囚われていたのである。

「淳ちゃん、お願いがあるの」

「なに」

淳二は真剣な聖子の眼差しを受け止めた。

「一緒に摩周湖へ行って欲しいの」

「摩周湖」

「裏摩周よ、近くにホロがあるの」

「ホロって」

淳二は訝しげに尋ねた。

「洞窟よ、摩周湖の岸辺にあるわ。ホロって言うの」

「湖岸に洞窟があるの」

淳二は思わず聞き返した。淳二は洞窟のことを全く知らなかったのだ。

「裏摩周の展望台からそれほど遠くないわ。亡くなったお父さんに連れて行ってもらったことがあるのよ」

聖子は一人では心細いので淳二にもホロへ同行して欲しい、と言うのだった。聖子は出かける仕度をするために彼女の家に戻って行った。独りになった淳二は急に憂鬱な気分に陥った。淳二が水里に来てから三年程になる。その間、聖子の父が他界し、淳二の母の松江が水里を出て行った。ここ水里は山間の小さな集落である。それゆえ、後に残った半ば共同生活に近い北原の二家族の暮らしぶりがあれこれと人々の噂話の種になっていた。良三と美子の川湯行きは直ぐに水里中で噂になるだろう。それで、淳二と聖子の関係も同級生たちから好奇の目で見られることになるのだ。淳二は不安感に襲われた。淳二は気持ちを静めようと、また畳に仰向けに寝転がった。そして両手を頭の後ろで組んで枕代わりにして目を閉じた。すると水里を出て行った母の松江が過った。その松江の背後に若い男の影がちらついた。そして、美子と一緒に温泉宿に行った良三を思い浮かべた。その瞬間、松江と良三は自分が入り込む余地のない遥か彼方へと立ち去って行ったのだ、という思いが淳二を満たした。

聖子は予告どおり昼近くになってやって来た。リュックを背負い、風呂敷包みを手にしていた。

「淳ちゃん、おにぎりよ」

聖子は玄関口で風呂敷包みを淳二に手渡した。それは重箱を包んだ風呂敷包みだった。淳二が重箱の蓋を開けると焼きおにぎりがぎっしりと詰まっていた。少量の白米を混ぜた麦飯の焼きおにぎりである。麦飯だけでは粘りがなく固めにくいのだ。淳二はそれを無造作に頬張った。

そして何気なく聖子を見た。瞬間、淳二は意外にも聖子が猟銃を片手に握っていることに気がついた。

「銃なんかどうするの」

「熊がいるかもしれないでしょう」

淳二の問いに聖子が事もなげに答えて笑った。

「それにしても、猟銃があるなんて」

「お母さんが免許を持っているのよ」

と言いながら聖子は背負っていたリュックを玄関の床に置いた。淳二がそのリュックを覗き込んだ。

「寝袋と夜食の弁当よ。淳ちゃん、早速、出発の準備して」

淳二は聖子の言葉に従って素早く身支度をした。水里から裏摩周までは十五キロメートル程もある。

「今からじゃ、ホロには着くのは夕方になるから、今日はホロに泊まるのよ」

「ホロに泊まるって」

淳二は驚いて聖子に聞き返した。聖子は真顔で頷いた。聖子の顔は日焼けで浅黒い。極度に大きな黒い瞳が淳二を見詰めていた。深く射るようなその瞳に吸い込まれそうだ、と淳二は思った。

「それで淳ちゃん、夜は寒いから冬用の下着とセーターを持参して」

聖子の言葉に淳二は自分のリュックに冬用の下着とセーターを詰め込んだ。そのとき、聖子が彼女のリュックから包みを取り出した。

「はい、これが今晩のお弁当、淳ちゃんの分」

「有り難う。中身は何かな」

と言いながら淳二は聖子から弁当の包みを受け取った。

「お弁当の中身は食べるときまでのお楽しみ」

聖子の目が悪戯っぽく笑っていた。淳二はその弁当を丁寧に自分のリュックに入れた。それから二人はホロに向かった。ホロに行くには裏摩周の展望台まで行って、それから湖岸伝いに歩むことになる。裏摩周展望台の湖岸までの道のりは起伏の多い砂利の山路である。背の高い広葉樹木で覆われた山路は木陰になっている。その木陰の山路をときどき心地好い風が吹き抜ける。淳二は先頭になって歩み続けた。淳二は聖子の足音を背後に聞きながら、ときには後ろを振り返り彼女の姿を確かめた。砂利の山路は狭い悪路だった。それで二人は横に並んで歩めなかったのだ。水里から裏摩周展望台までたっぷりと三時間半以上もかかった。その間、淳二と聖子は殆ど言葉を交わさなかった。淳二はいつしか体が汗でべっとりと濡れているのに気がついた。振り返ると聖子の顔からも汗が滴り落ちている。それでも二人は予定どおり裏摩周展望台の湖岸に到着した。淳二の気持ちは軽やかだった。

「わあ、綺麗、摩周湖はやっぱり素敵ね」

聖子は久し振りに見る摩周湖の水の色に歓声をあげた。快晴だったので湖面が深い藍一色に覆われていた。淳二が立っている湖岸の対岸にそびえるカムイヌプリ岳が直ぐ目の前にある。淳二はそれがまるで湖水に浮かんでいるような錯覚に囚われた。

「本当に綺麗ね」

また聖子が感嘆の声をあげた。岸辺に密生する樹木はまだ紅葉していなかった。樹木の緑葉が湖面にまるで鏡のように鮮やかに映し出されていた。暫く二人は沈黙したまま湖面を見詰めていた。

「もう少しここで休みましょうよ」

聖子が提案した。淳二が頷いた。すると聖子がリュックからキャラメルを取り出した。

「聖ちゃん、用意が良いね」

「折角のピクニックですもの」

そう聖子が言って傍らの倒木に腰を下ろした。木漏れ日が眩しかった。風に鳴る木々の葉音が心地好かった。ひっきりなしに囀る小鳥の声も爽やかである。

「ホロまでは遠いの」

淳二が尋ねた。

「ここから湖岸沿いに歩いて一時間もかからないわ」

ほどなくして二人はホロに向かった。聖子が先頭である。ホロに通じる山路は湖岸に沿った細い小径と思しき不確かな空間である。その小径がときどき湖岸を少し外れて林の内側に入り込むことがある。すると小径は広葉樹林に覆われて昼でも薄暗い。それが湖岸に近づくと樹林に遮られることのない目映い日の光が頭上に降り注ぎ眩しいのだ。二人は湖岸に沿って手探りでそんな小径を求めながら注意深く歩んだ。湖底に目を凝らすと水際から数メートルは浅瀬になっていた。湖水は透明であるが鏡のように陸地の景色を鮮やかに映し出している。途中、小径が途切れてしまった。すると砂浜がところどころに湖水から顔を出していた。その砂浜は途切れて点々と見えた。聖子はその砂浜を歩み始めた。足下が濡れるというのに聖子は何の躊躇いも見せない。淳二も聖子から離れないようにして湖岸の砂浜を歩んだ。湖水は足の踝まで達することもある。湖水はぞくっとするほど冷たかった。淳二はただ黙って聖子に従って歩き続けた。それから暫くして淳二は不意に声をあげそうになった。いつの間にか湖面が朱色に染まっているのだ。聖子が振り返って淳二に声を掛けた。

「何もかにもが赤いでしょう。砂も岩も全てが赤いからなのよ」

聖子の言葉に淳二が頷いた。気がついてみると二人は水際から離れた砂浜に立っていた。

「砂や岩がどうして赤いのだろう」

淳二が独り言のように呟いた。

「噴火のせいじゃないかって、お父さんが言っていた」

「噴火って、昔、摩周湖が出現したというときの噴火」

「そう、そして、あそこがホロよ」

聖子が指し示した直ぐ前方にポッカリと口を開けた洞窟らしきものが見えた。淳二はあたりをゆっくりと見回した。周りが赤く見えるのは砂も岩も全てが赤く焼けただれているからだった。それゆえ岸に近い浅い水底が赤い石で朱色に見えるのである。聖子は淳二を見てから躊躇いもなくホロに足を踏み入れた。淳二も慌てて聖子の後について行った。ホロは高さが三メートル、横幅が六メートルもあるだろうか。壁もやはり赤い岩だった。うっかりしてホロの壁に触れた淳二の衣服が赤く染まった。ホロの中は広かった。ホロは奥へ十メートル程先で二手に分かれていた。それから先は真っ暗な闇で閉ざされていた。聖子は外の光がやっと届くホロの奥まで来ると、リュックを肩から外して布地を取り出し地面に敷いた。それは古びた毛布だった。そのとき、淳二の足下でポタリと水滴の滴り落ちるような音がした。ホロの中は暗かった。淳二が目を凝らして岩盤で固まった足下を見詰めた。すると、ところどころに小さな水溜まりがあった。岩盤で覆われたホロの天井から、ときどき水滴が滴り落ちているのだった。その水滴が足下の窪みに集まって水溜まりになっているのだろう。

「今夜はここに泊まるのよ」

聖子の声は弾んでいた。

「本当にここに泊まるの」

淳二は心細くなって聞き返した。聖子は笑いながら頷いた。そしてホロの入り口に引き返した。

「淳ちゃん、それでは薪を集めようよ」

「薪って」

「熊除けよ。それに夜になると寒くなるかもしれないから」

聖子は用意周到でリュックから鋸を取り出した。早速、二人は焚き付け用に白樺の皮や枯れ木の枝を集め、枯れ木の倒木を鋸で薪用に細かく切った。それから集めた薪をホロの入り口近くに積み上げた。一仕事を終えると二人は早い夕食を取った。聖子が用意した夕食は二人にとって豪華なものだった。いなり寿司と海苔巻き寿司、卵焼き、それから油揚げと天ぷら蒲鉾の入った煮染めである。いつもは麦飯だけを食している淳二は寿司の白米が眩しかった。

「凄いな、これ、どうしたの」

「川湯旅行の手料理弁当なの、夕べ、お母さんが作ったのよ」

「そうなの」

「それで私、今日は特別な日と思って、お母さんに多めに作ってもらったの」

「特別って」

「お母さんたちが川湯へ行ったでしょう。私、死んだお父さんが可哀想で」

淳二も良三と美子が連れだって川湯の温泉宿に行ったことに不愉快な思いを抱いていた。

「私、このホロで一晩中、心の中でお祈りするの。私はいつもお父さんと一緒だってこと、誓いを立てるのよ」

「何故、ここで」

「私、お父さんと一緒に、このホロに来たことがあるって言ったでしょう」

「それはいつ頃」

「淳ちゃんたちが水里に来る一年程前のことよ」

「じゃあ、今から四年程前のこと」

淳二は聖子に確認した。

「そうよ」

聖子が淳二の言葉を肯定した。四年程前と言えば、聖子の父の病状は相当進行していたはずである、と淳二は思った。

「そのとき、お父さんが言ったの。お父さんが死んだら自分の魂はこのホロに宿っているって」

「魂が」

「でも私、一人じゃここに来るのが心細くって。それで、淳ちゃんにお供をお願いしたの」

聖子の声は沈んでいた。ホロの外はいつの間にか黄昏に包まれていた。二人はホロの中に入った。入り口の薪は赤々と燃えている。その燃え盛る炎の明かりがホロの内部を照らし出していた。入り口に向かって座っている聖子の顔も赤い炎に照らし出されている。その大きな瞳が何故か物憂げだった。

「淳ちゃん、お母さんたちのこと、どう思う」

「どうって」

「私、お母さんのこと、許せない」

「何故」

「私、お父さんが可哀想。それに松江おばさんも酷い目に遭って」

「母さんが」

「だって、お母さんと良三おじさんが親密になって、それで、松江おばさん、出て行ったんじゃない」

聖子は強い口調で言い放った。

「これから僕たち、どうなるのかな」

淳二は聖子を見て言った。聖子の瞳には涙が溢れそうになっていた。淳二は戸惑った。

「お母さんと良三おじさん、二人が一緒になったら、私たちは兄妹になるわ」

「そうはならないよ。僕はいつか、本来の姓に改姓する」

「本来の姓って」

「本当は、僕は母さんの姉の子供だから。それに僕はこの水里を出て行くつもり」

「えっ、淳ちゃん、水里を出て行くの」

聖子が不安そうに淳二を見た。

「いくら働いても、水里では楽にならないから」

「そうよね」

と聖子が確かめるように言った。

「それから、中学を卒業したら、僕は札幌に行く」

「札幌」

「札幌に従兄がいるから」

「その人を頼って」

「その従兄は僕の実の兄で、札幌で建具職人の見習いをしている」

「そう」

聖子が呟き深い溜息を漏らした。そしてぽつりと言った。

「私、淳ちゃんを応援するわ。私は暫くこの水里で頑張ってみる」

二人は語らいながら弁当を半分だけ食べた。残りの半分は明日の朝食である。夕食を終えるといつの間にか日はとっぷりと暮れていた。ホロの外の薪が見事に明るく燃えていた。そのせいで元々赤いホロの壁が異様に一層赤く照らし出されていた。不意に風が鳴って薪の火が爆ぜた。鳥の羽音と同時にキタキツネの鳴き声が響いた。聖子がどきっとしたように淳二を見た。

「怖いわ」

聖子が淳二に躙り寄ってきた。淳二も思わず聖子の手を握った。聖子の顔が炎で赤く火照っているようだった。外は冷気が立ち込めている。深い夜霧がホロの入り口まで迫っていた。薪の炎の周りだけが赤く、その向こう、ホロの外はどこまでも霧の闇に閉ざされていた。いつしか二人は言葉を失っていた。暫くして聖子がリュックから小箱を取り出してその蓋を開けた。すると突然、薄暗いホロにメロディが鳴り響いた。淳二は思わず「あっ」と声をあげた。

「これ、私の宝箱よ。オルゴールなの」

「宝箱って」

「お父さんからのプレゼント。いつの日にか、この小箱に宝石なんか入っていたりして。私の夢の小箱よ」

聖子が弾むように言った。

「その宝石、いつか僕がプレゼントするよ」

「あら、嬉しいわ。私、本気で待ってる」

淳二の言葉に聖子が嬉しそうに答えた。そんな二人にいつの間にか炎をも支配してしまいそうな冷気がひたひたと押し寄せて来た。淳二の体は冷え切っていた。淳二は深い闇の中に取り残されて身動きさえもできないような錯覚に陥っていた。周囲の冷気に二人は冬物の下着とセーターを着込んだ。気がついてみると淳二と聖子は向き合い抱き合ったまま毛布にくるまって横たわっていた。そのうちに淳二は聖子の熱い吐息を感じ始めた。淳二は細くて固い聖子の体に不思議な柔らかさを覚えた。それは膨らみ始めた聖子の胸だった。淳二は戸惑いに見舞われたが興奮を呼び起こすことはなかった。そのうちに淳二は微睡みに誘われた。淳二は微睡みつつ聖子への思いを確かめていた。男子生徒に聖子の熱烈なファンがいる。やはり聖子は綺麗なのだろう。大きな瞳、小麦色の肌、しなやかな四肢が聖子を際立たせている。だが、淳二はあまりにも身近な聖子に対して淡泊である。同時に、淳二にとって聖子は心底から掛け替えのない存在として実感していることも確かなのだ……。うとうととしていつしか淳二は寝入ったらしかった。幾時間経ったのだろうか。暗闇の中でふと目を覚ました淳二の横にはまだ聖子が寝入っていた。ホロの中は暗かった。薪の炎が消えてしまったらしい。そう思って淳二は慌てて起き上がり外に出た。ホロの中が暗かったので分からなかったが、いつしか外は僅かな夜明けの光で明るみ始めていた。摩周湖に霧はかかっていなかった。薪はすっかり燃え尽きて灰になっていた。

四

三月中旬、淳二がずっと待ち望んでいた中学卒業の日がやって来た。淳二と聖子の卒業式の当日、二人の親である良三と美子は水里にいなかった。彼らは前日から泊まりがけで川湯に出かけていたのだ。卒業式に臨席することはない。だが、総勢十五人の卒業生のうち、淳二と聖子以外の卒業生の保護者たちは全員が臨席することになっている。しかし、そんなことは淳二にとって気にならなかった。むしろ淳二は良三と美子が川湯に出かけていることを好都合だと思っていた。何故なら、淳二はずっと以前から中学卒業の日に水里を脱出し、札幌に行く決心をしていたからである。聖子も淳二の企みを知っていた。

二人の卒業の日、水里はまだ雪深く寒さが厳しかった。特に早朝の凍てついた冷気は皮膚に痛みを覚えるほどである。蒲団の中で目覚めた淳二は自分の呼吸が冷気で真っ白くなって空中に吐き出されている様を目にした。いつの間にか夜も明けて室内はすっかり明るくなっていた。淳二は慌てて寝床から起き上がった。そのとき、玄関のほうから聖子の声がした。淳二は和室と襖で隔てた居間を横切り慌てて玄関の引き戸を開けた。聖子が戸口に笑顔で立っていた。眩しい戸外の光に淳二が一瞬たじろいだ。夜中に雪が降ったのだろう。裸木に綿のような雪が積もってあたり一面が銀世界になっていた。

「あら、まだ寝間着姿」

「ああ、寝坊しちゃって」

淳二はきまり悪そうに言った。昨夜、淳二は水里を出立する準備に深夜まで時間がかかってしまったのだ。

「朝ご飯を用意してきたの。それに、お昼のお弁当もよ」

聖子はそう言って居間に上がり込んだ。聖子はセーラー服の上に赤い防寒着を纏っていた。いつも身に着けている木綿の質素な半コートである。

「あら、まだ、ストーブに火も入れてないの。私が焚きつけるわ」

聖子は素早くストーブにカラ松の枯れ枝と紙くずの焚き付けを入れマッチで火を点けた。その間、淳二は顔を洗い学生服を着て身支度をした。学生服は古びて着丈も短くなり窮屈だった。

「この学生服、卒業式には少しばかり格好悪いな」

淳二が折りたたみの食卓に朝食を並べている聖子に言った。

「良いじゃない、今日限りですもの。さあ、食卓についいて」

聖子に促されて淳二は食卓についた。

「ところで淳ちゃん、本当に札幌に行ってしまうの」

淳二の真向かいに座った聖子が真顔で言った。

「卒業式が終わったら、家には戻らない。そのまま汽車に乗る」

「そう」

聖子が言葉を切って溜息をついた。

「父さんには手紙を書いた。置き手紙になるけど。出て行くと言ったら、止められるだけだから」

「そうよね、私は知らないことにするわ。ところで札幌にはいつ着くの」

「網走で乗り換えて夜行に乗るから、札幌には明日の朝早く」

「遠いわね、じゃあ、淳ちゃん、これ」

と聖子が言って白い封筒を淳二に差し出した。

「なに、これ」

「餞別よ」

「餞別って」

淳二が封筒の中を覗くと一万円札が一枚入っていた。淳二は驚いて聖子を見た。

「いいの。お母さんの財布から失敬したの。どうせ川湯で無駄遣いするだけなんだから」

「だけど……」

一瞬、淳二は躊躇した。一万円と言えば淳二にとって一ヶ月分の生活費として十分すぎるほどの金額である。

「あら、私たち、学校の冬休みに薪炭の伐採作業に駆り出されたじゃない。その代金と思えばいいのよ」

聖子がきっぱりと言った。淳二は黙ってその封筒を受け取った。

「淳ちゃん、それで、札幌では高校に行くの」

「住み込みで昼間は働く。そして夜は定時制高校に通うつもり」

「そうなの。私は暫くここにいるわ。そして十八になったら、釧路に行って働く」

「釧路へ」

「釧路には歓楽街があるから、中卒でも十八になれば女には働き口があるの」

「そのこと、聖ちゃんのお母さんは知ってるの」

「それは内緒よ。ところで淳ちゃん、札幌の連絡先は」

「以前に話した僕の実兄のところ」

「そう」

と聖子が小声で言って茶の間の柱時計を見た。

「あら、時間ね。食べましょうよ」

七時半を過ぎていた。卒業式は九時からである。二人は素早く朝食を済ませた。そして直ぐに学校に向かった。淳二は卒業式を迎えるには不釣り合いな大きなリュックを背負っていた。札幌に持って行く僅かばかりの身の回り品が入っていた。学校へ向かう途中、聖子が「はい、お弁当」と言って淳二に風呂敷包みを手渡した。淳二は歩みを止めて、ぴょこんと頭を下げてその包みを受け取った。淳二が顔をあげると聖子の張りつめたような黒く大きな瞳が目の前にあった。その瞳には何故か涙がにじんでいた。一瞬、淳二は戸惑った。だがそのとき、淳二は水里から脱出する思いで緊迫感に駆られていた。淳二は聖子の視線を避け、学校へ向かって歩き始めた。そして淳二は何気なく振り返った。するとこれまで暮らしてきた住み処が視界に入った。まるで廃墟のようだ、と淳二は思った。淳二に水里への感傷は湧かなかった。淳二にとって水里は貧困の直中で父母に見限られ、未来が見出せない陰鬱な日々だった。そんな水里を数年後には聖子も出て行くという。水里にはもう再び戻って来ることはないだろう、と淳二は思った。

五

昨夜もまた、淳二は水里の夢を見た。その夢はいつもと同じ水里の風景だった。そしてそこにはいつものように聖子が現れた。その聖子は痩せぎすで何かを凝視していた。それに聖子は幼い面影を残した中学生の女の子だった。思い返せば、淳二が水里を離れてからもう十年以上も経っている。その間、淳二は一度も聖子に会ってはいない。だが、書簡の交換を通じて、聖子は淳二にとって身近な存在である。だから、聖子の夢を見るのだろう、と淳二は思った。ときどきその夢で見る水里は今でも昔と変わらぬ山間の風景だった。しかし中学卒業と同時に水里を飛び出し、血縁の実兄を頼って札幌に来た淳二の生活は一変した。淳二は直ぐに、昼間は青果店に勤務し、夜間は定時制高校に通学することになったからだ。それは淳二にとって陰鬱で出口のない水里の生活とは異なり、夢が抱ける未来へと続く新たな日々だった。それに札幌の街並みの目映い光が淳二の気分を高揚させた。夜さえも札幌は水里の仄暗いランプの明かりとはまるで違うのだ。どこも目映く明るかった。街中は勿論のこと、淳二が住み込みで寝泊まりしている青果店の三畳間も、夜の学舎も、全てが電球で照らし出されているのだ。その目映い光の中で淳二の日常は充実感に満ちていた。淳二の充実感は彼が抱く未来への夢に起因していた。それは大学進学である。そして淳二のその夢は思いがけない幸運にも恵まれて豊かに開花したのだ。その幸運とは聖子の淳二に対する資金支援のことである。

そのとき聖子は二十歳、水里を出て釧路に移り住んでいた。聖子は漁業会社の社長をパトロンに持って金銭的に余裕があるという。それで淳二の学業を資金面から支援したい、と聖子が言うのだ。当初、淳二は聖子の支援を拒否していたが、結局、淳二は大学一年生の終わりから聖子の資金支援を受ける結果となった。それで淳二は私立大学の夜間部から昼間部に移籍し、大学卒業後は国立の大学院にも進学したのである。

三月初旬、淳二に大学院生活の終わりの日が迫りつつあった。そんなある日、淳二が悩んでいた就職先がやっと決まった。四月一日付けで淳二の出身校である私立の北都大学に採用されることになったのだ。それも加門《かもん》教授が在籍している心理学研究室の助手としてである。淳二は北都大学の加門教授の下で心理学を専攻し、北都大学卒業後に加門教授の薦めで国立の帝北大学大学院心理学修士コースに進学したのだった。それゆえ、北都大学の心理学研究室で助手のポストを得たことは淳二にとって最高の喜びだった。そして最初にその採用内定を淳二に伝えたのは加門梨絵《りえ》だった。梨絵は加門教授の一人娘である。

その日、土曜日の午後に淳二は梨絵からデートに誘われた。場所は北都大学近くの小さなカフェである。淳二は約束した時刻の午後一時きっかりにカフェに着いた。淳二がそのお馴染みのカフェに足を踏み入れると、先に座席を確保していた梨絵が立ち上がって手をあげた。色白の梨絵の顔がカフェの淡い明かりに浮き出て見えた。梨絵は笑っている。淳二が足早に梨絵に近づいた。すると梨絵が待ちかねていたように口を開いた。

「淳ちゃん、喜んで。貴方、北都大学心理学研究室の助手に採用が内定したのよ」

「えっ」

淳二は驚いて梨絵を見詰めた。

「父からの情報よ」

「加門教授の」

「そうなの、父から直に聞いたのよ」

と梨絵がきっぱりと淳二に告げた。

「これは、僕にとって夢のような話です。本当に有り難う。梨絵ちゃんのお陰です」

淳二が神妙な口調で言った。

「父はいろいろと探っていたみたい」

「探っていたって、何を」

「勿論、淳ちゃんのことよ」

「それは怖いな」

淳二はそう言って、大袈裟に肩を竦めた。

「それで、淳ちゃん、父が帝北大の貴方の指導教授から、貴方が群を抜いて優秀であるとの言質を得たんですって」

梨絵が言葉を切ったとき、若いウエイトレスが注文を取りに来た。二人はホットコーヒーを頼んだ。

「父は貴方に助手、助教授、教授へと連なる才能の可能性に期待したみたい」

「えっ、それって、どういうこと」

「あら、私たち、もう四年越しの交際よ。結婚する可能性が高いと思って、父も貴方の将来性が気になるのよ」

「これは責任重大だ」

と、淳二は真顔で言った。ウエイトレスがホットコーヒーを持って来た。

「とにかく良かったわ。それでは、コーヒーで乾杯ね。助手内定おめでとう」

梨絵はコーヒーカップを手に取って小声で言った。淳二も慌ててコーヒーカップを手にして、

「有り難う」

と応えた。梨絵は淳二を見詰めながら美味しそうにコーヒーを口にした。淳二はそんな梨絵

を目にして、彼女にはまるで陰がないと思った。淳二にとって梨絵は天真爛漫で明るいのだ。梨絵の明るさは淳二にとって謎である。淳二はそんな梨絵に無条件で魅了されていた。

「ねえ、これからスーツを買いに行きましょうよ」

突然、梨絵から提案があった。

「スーツ」

「そうよ、淳ちゃんのスーツ。貴方、もうすぐ助手になるんですもの、私がプレゼントするわ」

梨絵がそう言って急に立ちあがった。

「でも、悪いよ」

淳二は遠慮がちに言って梨絵を見あげた。

「気にしないで、これでも私、北都大附属高校の教員ですもの、お金持ちなのよ」

梨絵は楽しそうに声を立てて笑った。二人はカフェを出た。

「あっ、ちょっと待って」

と梨絵が言ってショーウインドウの前で立ち止まった。

「ねえ、ウインドウを見て。私たち、お似合いのカップルじゃない」

梨絵がショーウインドウに映っている二人の姿を指差した。そして梨絵が淳二と腕を組んだ。

梨絵は身長百六十三センチ、淳二は百七十七センチ。そこには細身の二人の姿があった。

「淳ちゃん、貴方はスーツが似合うと思うわ。私、下見をしておいたのよ。さあ、行きましょうよ」

梨絵は躊躇いがちな淳二の手を取って歩き始めた。

三月下旬、淳二の日々は満ち足りていた。その日も淳二は梨絵とカフェで会った。話は弾んで淳二と梨絵の二人の未来に及んだ。四月から淳二は北都大学心理学研究室の助手になって研鑽を積む。そう遠くない日、生活の見通しを立てて淳二と梨絵は結婚する。そして、加門教授の支援を得て淳二はいずれ助教授、さらに教授になる等々……。これらの話題は淳二と梨絵の間で幾度となく交わされた夢の語らいである。そんな語らいの後で、淳二は梨絵とカフェで別れて家路に向かっていた。その道すがら淳二は梨絵とのデートを思い返しつつ下町の商店街を通り抜けた。すると、古びた木造の建物が立ち並ぶ一角に彼のアパートが間近に現れた。そのとき淳二に予期せぬ妙な感覚が過った。淳二にとってはみすぼらしく見える街並みが、今は何となく華やいで見えるのだ。街を行き交う人々の足どりも心なしか軽快に感じられる。淳二は梨絵と別れたばかりの甘い余韻のせいだろうかと思った。淳二はアパートに着いた。アパートは古びた木造の二階建てである。一階には六世帯共用の玄関や便所、それに炊事場などがある。そして二階にはそれぞれの居室として四畳半と六畳の二部屋があった。淳二はアパートの玄関に足を踏み入れるなりまず郵便受けを見る。最初に郵便受けを窺うのは淳二の習慣になっていた。その日、聖子から一通の葉書が郵便受けに入っていた。聖子からの便りは久し振りである。

淳二がその場で葉書に目を通すと、聖子が近々札幌まで淳二に会いに来ると記してあった。淳二は急に憂鬱な気分に襲われた。たった今の瞬間まで、梨絵との会話の余韻に浸っていた淳二に聖子は存在していなかったのだ。不意に聖子が淳二に迫ってきた。それは十数年前、水里で別れた聖子の思い詰めたような目の色だった。

聖子は四月になっても何故か札幌に来なかった。その間に、淳二は予定どおり大学院を卒業し北都大学心理学研究室の研究員になることができた。淳二の当面の課題はアパートの転居である。大学から住居手当が支給され、梨絵が淳二に研究員として相応しい住まいへの転居を強く勧めているのだ。それで淳二はあれこれと賃貸マンションを物色していたが、なかなか適当な物件が見つからないでいた。そんな四月の中旬、梨絵が賃貸マンションを探してきた。それは梨絵の勤務場所である北都大学附属高校の近くにある物件だった。梨絵の知り合いの不動産業者からの紹介だという。梨絵は不物産業者から借りてきた部屋の鍵を淳二に手渡した。早速、淳二は梨絵の案内でその賃貸マンションを見に行った。四階建ての中古マンションだった。賃貸物件で二階の２ＤＫである。床はフローリングで室内の壁は明るい白色系で統一されていた。古いアパートで暮らしていた淳二にはその中古マンションが新鮮で眩しく思えた。

「一人暮らしにしては贅沢だな。それに家財道具もないから広すぎる」

淳二が梨絵に言った。

「そんなことなくってよ、私たちの住み処なんだから」

「えっ」

と、淳二が梨絵の顔を見た。

「あら、なに驚いているの。私たち、そう遠くない日に一緒に暮らすんじゃなくって」

梨絵が事もなげに言って笑った。

「そうなると良いね」

淳二が真顔で答えた。

「私たちには何の支障もないの。淳ちゃん、ここで良いかしら」

「うん、勿論」

淳二は即座に答えた。

「ああ、良かった。じゃあ、できるだけ早く引っ越しね」

弾むような梨絵の声だった。淳二は急に浮き浮きした気分になった。


アパートからマンションへ引っ越しする当日だった。その日の早朝、ドンドンと部屋のドアを強く叩く音で淳二は目覚めた。

「どちらさん」

と、淳二は寝床から身を起こして叫んだ。そしてチラッと置き時計を見た。午前七時前である。

「私、聖子よ」

意外にもドア越しに聞き覚えのある聖子の声がした。淳二はパジャマ姿のまま慌ててドアを開けた。ドアの外には淳二が見慣れた聖子とは異なる女が立っていた。

「まあ、淳ちゃん、凄く立派になって」

女は真っ赤なブラウスを着ていた。それに厚化粧だった。女の黒く大きな瞳が淳二に昔の聖子を思い出させた。

「聖ちゃんなの、随分、綺麗になったね、別人かと思った」

と淳二が言って聖子を見詰めた。

「こんなに朝早く、ごめんなさい。釧路から夜行列車で来たの。入って良いかしら」

と聖子は淳二の返事を聞かずに部屋に入り込んだ。そして聖子はいきなり淳二に抱きついた。

「淳ちゃん、会いたかった」

聖子は吐息を漏らすように呟いた。不意を突かれて淳二は呆然としていた。ほんの少しして聖子は淳二から離れて微笑んだ。それから聖子はたった今まで淳二が寝ていた蒲団に視線を向けた。

「今、起きたばかりで」

淳二は抜け殻のような蒲団にばつが悪そうに言った。聖子は敷き蒲団に手を差し入れた。

「あら、まだ、淳ちゃんの体の温もりがあるわ。私、冷え切ったから、少し蒲団の中で休ませて頂くわ」

聖子が衣服を着たまま蒲団に潜り込んだ。淳二が戸惑っていると、聖子が蒲団の中から顔を出して淳二に声を掛けた。

「ねえ、淳ちゃん、昔を思い出すわ。摩周湖のホロのこと」

「ホロ」

淳二は訝しげに尋ねた。

「そう、ホロ。ほら、摩周湖の洞窟よ。あのとき洞窟で淳ちゃんと一晩過ごしたわ。冷たい夜だったけれど、淳ちゃんの体が温かかったわ」

「ああ、あのときの」

と、淳二が言葉を濁した。瞬間、彼は嫌な気分に襲われた。洞窟は淳二にとって暗鬱な光景そのものだった。そしてその光景が淳二に水里の嫌悪すべき記憶を蘇らせた。それは聖子の父が肺病で死亡後、聖子の母と淳二の父が不倫関係に陥り、淳二の母が若い男と駆け落ちした一連の殺伐とした情景である。淳二はそんな水里の記憶に思わず身震いをした。

「淳ちゃん、蒲団に戻ってよ」

聖子が悪戯っぽく言った。

「僕はもう、すっかり目が覚めたよ」

淳二は婉曲に聖子の誘いを拒否した。

「そう、じゃあ、私、少し休ませて頂くわ」

聖子は蒲団を頭まですっぽりと被った。そんな聖子を目にして、瞬間、淳二は我に返った。数時間後に引っ越ししなければならないことを淳二は思い出したのだ。

これから数時間後の十時にはこのアパートに引っ越し荷物運搬の軽トラックが到着するよう手配をしている。それでその前に梨絵が準備にここにやって来るだろう。すると梨絵と聖子が鉢合わせになる。淳二は梨絵と聖子双方にそれぞれ二人のことを知らせていない。これは面倒なことになるな、と淳二は戸惑った。そのとき聖子が蒲団を撥ね上げて起き上がった。そして彼女はバッグから黙って紙包みを取り出して淳二に差し出した。

「なに、これ」

「淳ちゃん、今月分の仕送り、持参してきたの」

「あれっ、それはもう十分だって」

淳二はそう言って、聖子が差し出した紙包みを押し返した。淳二は大学院卒業間近になって、卒業後は就職するのでこれまでの資金支援は不要であることを聖子に伝えていたのだった。

「そう言わずに、受け取ってよ」

聖子は真剣な眼差しで淳二を見詰めた。

「僕はもう北都大学に勤めたし、これからは聖ちゃんに負担をかけることはできない」

「そんなことないわ。淳ちゃんの研究に役立ててよ」

聖子は強い口調で言った。

「でも、それでは僕が困る」

「何が困るの」

「僕は聖ちゃんの支援でここまでやって来られた。これからは僕が聖ちゃんに尽くそうと決意している。だからもう仕送りはいらない」

「それは嫌よ。私は淳ちゃんに尽くすことができればそれで良いの。だから今までのように仕送りさせて欲しいの」

聖子が懇願するように言って、紙包みを淳二の手に無理やり握らせた。淳二はそんな聖子の前で焦燥感に駆られていた。数時間のうちには梨絵がやって来る。躊躇っている場合ではない、と淳二は思った。淳二は梨絵のことを聖子に告白する覚悟を決めた。

「聖ちゃん、実は僕、今日引っ越しすることになっているんだ」

「あら、そうなの、じゃあ、私手伝うわ」

聖子が弾むように言った。

「それが、ちょっと、具合が悪くて」

「なにが」

と聖子が怪訝そうに淳二を凝視した。そんな聖子に淳二は完全に逃げ場を失った。淳二は梨絵のことを手短に話した。淳二が梨絵との結婚について言及したときだった。急に聖子の顔つきが強張った。聖子は「ふっ」と吐息を漏らした。そして淳二の言葉を遮って呟くように言った。

「そうなの。それはおめでとう」

「何か聖ちゃんに悪いな」

話を中断された淳二はやっとそれだけを言った。

「そんなことなくてよ。私は淳ちゃんが幸せになってくれればそれで良いの。私は今日、釧路に帰るわ」

「今日って、今朝、来たばかりなのに」

「だって、私の居場所がないもの。でも、引っ越し場所だけは教えて」

物憂げな聖子の瞳が淳二を見詰めていた。淳二は便せんに引っ越し先の賃貸マンションの住所をメモして聖子に手渡した。

「有り難う。じゃあ、私、帰るわ。淳ちゃんお幸せにね」

「あっ、聖ちゃん待って、これ」

と、淳二が現金の入った紙包みを聖子に返そうとした。

「淳ちゃん、お願いだから、今回だけは受け取って」

聖子が紙包みを淳二に押し返して、バッグを手に取り玄関ドアに向かった。

「聖ちゃん、朝食を食べて。引っ越しに備えておにぎりがあるから」

「有り難う。でも私、どこかカフェで済ますから」

一瞬、気まずい沈黙が二人を支配した。淳二は聖子への言葉を失った。聖子は淳二が言葉を探しているうちに素早く出て行った。一人部屋に取り残された淳二は強い罪悪感と虚しさに襲われた。


聖子がいなくなった部屋で淳二は落ち着きを失っていた。とりあえずパジャマから部屋着に着替え、顔を洗っておにぎりを頬張った。それから引っ越しの準備に取りかかった。引っ越しと言っても、つい最近まで学生の独り身だったから荷物はさほどない。主な物と言えば書籍類、本箱、机、夜具それに若干の衣類である。引っ越しは淳二独りで十分だったが、梨絵も手伝いにやって来ることになっている。淳二は梨絵が来る前に荷物を室外に運び出すばかりに準備を整えた。一息ついて時計を見ると九時を過ぎていた。外は快晴の引っ越し日和だった。梨絵は九時半にアパートにやって来た。ジーンズ姿で手には軍手をはめていた。

「トラックは十時に来るのね。荷物はこれで全部」

梨絵が部屋を見回して言った。

「うん、これで全部」

「じゃあ、荷物を玄関口まで運びましょうか」

と梨絵が言って本箱に手をかけた。

「悪いな」

と、淳二も慌てて本箱の一方の端を持ち上げた。引っ越し荷物を全て玄関口まで運び終えたとき、手配していた軽トラックがやって来た。若い運転手だった。その若い運転手も加わったので、あっという間に荷物は軽トラックに積み込まれた。淳二と梨絵は軽トラックに便乗して荷物と一緒に引っ越し先の賃貸マンションに向かった。アパートを出発しておよそ二十分で着いた。賃貸マンションの二階の２ＤＫの部屋に荷物を運び入れるなり、運転手は直ぐに引き揚げて行った。それから二人が荷物をほぼ整理し終えたときには十一時半を過ぎていた。

「荷物が少ないせいか、部屋がなんとなく寂しいわね」

梨絵が微笑んで言った。

「今までと違って部屋が広いから、その分殺風景かな」

「大丈夫よ、少し落ち着いたら、私が素敵にしてあげる」

「それは楽しみだ」

淳二は素直に喜んだ。

「ところで、お昼ご飯はおにぎりだけね」

「そう、おにぎりしかない」

「引っ越し祝いに、少しばかり豪華な昼食会にしましょうよ。私、近くのスーパーで何か仕入れてくるわ。淳ちゃんはテーブルにお皿など食器を揃えて」

「了解」

淳二が答えると直ぐに梨絵が部屋を出て行った。テーブルに食器を揃えると言っても大皿一枚と小皿数枚、それにコップ類など数点の食器しかない。テーブルの用意は直ぐに整った。梨絵は三十分程して部屋に戻って来た。刺身類や揚げ物、清涼飲料水、スナック菓子、果物、それにアイスクリームなど二人では食べきれないほどの食料を仕入れてきた。梨絵は素早くそれらを食器に盛りつけテーブルに並べた。

「これは豪華だ」

テーブルに並べられたそれらの品々に淳二は思わず歓声をあげた。

「ところで淳ちゃん、私、妙な人に会ったの」

梨絵が神妙な面持ちで言った。

「妙な人って」

「女の人よ、それも凄く綺麗な人」

「女の人」

淳二はどきっとして聞き返した。

「そう、赤いブラウスに黒いスカートの女の人。私をじっと見詰めていたの。マンションの入り口で」

梨絵の話に淳二はその女は聖子に違いないと思った。淳二は聖子がこのマンションの近くに潜んでいると思い嫌な胸騒ぎを覚えた。

「その女の人、凄く妖艶な感じがして。でも、私には全く面識がないの。淳ちゃんに心当たりなくって」

「そんな人、僕には全く覚えがないね」

淳二は即座に答えた。

「そうよね。その女の人、淳ちゃんと知り合いのはずがないわよね。じゃあ、パーティ開始といきましょうか」

と梨絵がグラスにコーラを注いだ。淳二もグラスを手にして梨絵とコーラで乾杯をした。

六

ゴールデンウィーク明けの五月中旬、突然、刑事が淳二を訪ねて来た。そのとき淳二は北都大学の心理学研究室で調査データの点検に没頭していた。データ点検が一段落したときには研究室にいた数人の職員がいつの間にか姿を消していた。淳二は腕時計を見た。もう既に正午を過ぎていた。昼食の時間だ、と淳二が思って資料を閉じデスクから立ち上がったときだった。

不意にドアをノックする音がした。淳二がドアのほうに視線を走らせ返事をする間もなく研究室のドアが開いた。見知らぬ男が現れた。

「あの、こちらに、北原淳二さんという方はいらっしゃいますか」

とその男が言った。その男は無遠慮にぎょろりと室内を見回した。その男はひと目見てどこか暗く陰湿な感じがした。

「私が北原ですが、どちら様ですか」

淳二は反射的にその男に答えた。

「あっ、これは失礼いたしました。私はこういう者ですが」

と言いながらその男が黒い手帳を淳二に差し出した。警察手帳だった。淳二は驚いて一瞬その男を見詰めた。

「やあ、これはご多忙のところ申し訳ありません。私、道警釧路方面本部、警部補の後藤《ごとう》と申します。ところで北原さん、北原聖子さんをご存じでしょうか」

「北原聖子さん……彼女は私のいとこですが」

そのとき昼食を終えた数人の職員が心理学研究室に戻って来た。そして彼らは淳二と後藤刑事を訝しげに見た。

「実は北原聖子さんが所在不明になりまして。そのことで少しお話をお聞きかせ頂きたくて」

後藤刑事は小声で淳二に囁いた。

「所在不明って」

淳二は驚いて後藤刑事を凝視した。

「ここでお話しして宜しいでしょうか。何でしたらどこか、北原さんのご都合の良いところで、いかがでしょうか」

そう言って後藤刑事はにやりと笑った。

「そうですね、今、昼休みですので、近くのカフェにご案内いたします」

淳二は素早くロッカーから上着を取り出すなり、研究室のドアを開けて室外に出た。後藤刑事は淳二の後をくっつくようにしてついて来た。淳二は北都大学から徒歩で五分程のカフェに入った。淳二には初めてのカフェである。都合良く店内は空いていた。淳二は奥まった席を確保した。

「コーヒーで宜しいですか」

淳二は着席するなり後藤刑事に言った。

「はあ、遠慮なくご馳走になります」

直ぐに若いウエーターがやって来た。淳二は二人分のホットコーヒーを注文した。ウエーターが立ち去るのを待ちかねたように後藤刑事が口を開いた。

「北原さん、ホロってご存じですか」

後藤刑事が淳二に探るような眼差しを向けた。

「えっ」

淳二は意外な後藤刑事の言葉に息を呑んだ。ホロとはあの摩周湖の洞窟のことなのだ。ホロのことは自分と聖子以外に誰も知り得ないはずなのに、と淳二は思った。

「北原さん、単刀直入に申します。北原聖子さんは事件に巻き込まれて、殺害された可能性があります」

「まさか、何故、そんなこと」

思わず淳二の声が上ずって大きくなった。

「メッセージです、北原聖子さんの。メッセージをご本人の友人に託していたのです」

ウエーターがコーヒーを運んで来た。後藤刑事は口を噤んだ。後藤刑事の目の色は淳二の様子を探っているかのようである。

「彼女のメッセージを教えてください」

ウエーターがいなくなるや否や、淳二が後藤刑事に尋ねた。後藤刑事はポケットから白い封筒を取り出した。そしてその中から便せんを引き出して小声で読み始めた。

「私は殺されたのです。全ては北原淳二さんが知っています。ホロに来てください」

「何ですか、それは、私には全く覚えがありません」

淳二はきっぱりと言い切った。淳二は激しい動悸に襲われた。

「はあ、そうですか。それでは参考までに申し上げますが、北原聖子さんは貴方を受取人にして三千万円の生命保険に加入しております」

「それが、何か、私は全く知らないことです」

後藤刑事は淳二の問いかけに答えず、たたみかけるように淳二に言った。

「ところで、昨日と一昨日、貴方は札幌におられましたかな」

「はい、札幌におりましたが」

「どなたかそれを証言して頂ける方がいらっしゃいますか」

「えっ」

と言って淳二は言葉を呑み込んだ。昨日と一昨日と言えば土日である。その土日にかけて淳二は確かに札幌市内にいたのだが、実は泊まりがけで梨絵と定山渓《じょうざんけい》温泉に行っていたのだ。梨絵にアリバイを頼むことはできない、と淳二は思った。梨絵に聖子のことを知られたくなかったからだ。

「二日間とも自宅におりましたので、アリバイの証明と言われましても」

「それは困りましたな。でも、まあ良いでしょう。ところでこれから、北原聖子さんのメッセージに記載のホロにご案内して頂けませんか」

後藤刑事は淳二から視線を外さずに言った。

「それは困ります」

「どうしてですか」

「私は直接、本件に関係していません。それに研究上の課題が山積していて、業務上、時間に余裕がないのです」

「貴方、何をおっしゃるのです。事は人様の命に関わることですよ。それも北原聖子さんは貴方のいとこじゃないですか」

「と言われましても」

淳二は追い詰められて途方に暮れた。

「ホロは貴方にしか分からないのです。一刻を争います。北原聖子さんが助けを求めているのです」

「本当に、困りましたね」

淳二は思わず溜息をついた。

「ところで、そのホロって何なのですか。場所はどこにあるんです」

「それは洞窟で裏摩周にあります。裏摩周第二展望台から湖岸に沿って、徒歩で一時間程の山中です」

「それは、北原さんの案内なしではとてもホロに辿り着けないですな。是非、案内を頼みます」

「心底弱りましたね」

淳二は困惑して後藤刑事を見た。

「これは人命に関わる一刻を争う問題ですよ。案内について北原さんの同意が得られないのなら、事件の性格上、貴方を参考人として招致するしかありません」

後藤刑事が強い口調で断定的に言った。淳二は後藤刑事に追い詰められてしまった。

「分かりました」

と、淳二は観念して言った。どのような事態になるのだろうか、と淳二は不安に駆られた。

淳二は加門教授と梨絵には無断で、事務的に三日程休暇を取ろう、と覚悟を決めた。

「それでは早速、札幌から摩周まで道警のヘリコプターを用意いたしましょう。裏摩周第二展望台には現地の摩周警察署のパトカーを待機させることにします。北原さんは一時間以内に出発の準備を整えてください」

淳二に有無を言わせぬ後藤刑事の指示だった。淳二はただ黙って後藤刑事の指示に従うしかなかった。


札幌から裏摩周第二展望台までは四百五十キロメートル以上はある。淳二と後藤刑事を乗せた道警のヘリは札幌を飛び立ってから四十分程で裏摩周第二展望台近くの雑草で覆われた広場に着陸した。そのヘリは淳二と後藤刑事を地上に降ろすと直ぐに札幌に引き返して行った。裏摩周に位置する裏摩周第二展望台の上り口には既に摩周警察署のパトカーが待機していた。そしてパトカーの傍には若い警官が立っていた。その若い警官は大きなリュックサックを背負っていた。

「やあ、高橋《たかはし》巡査、ご苦労さん」

後藤刑事がその若い警官に声を掛けた。

「後藤警部補、ご苦労様です」

高橋巡査が後藤刑事に応えて敬礼をした。淳二にはその高橋巡査が二十歳ぐらいに見えた。

淳二にとって裏摩周を訪れるのは十数年振りである。春まだ浅い裏摩周は周囲の雑木林も裸木のままで寒々としていた。

「それでは早速、現地に向かいましょうか。北原さん、案内を頼みます」

後藤刑事が淳二を促した。すると高橋巡査が素早くパトカーから二足の長靴を取り出した。

「付近にはまだ残雪があります。この長靴を履いてください」

「これは有り難い」

後藤刑事は高橋巡査から長靴を受け取った。淳二も高橋巡査に頭を下げて謝意を示した。

「ところで、問題のホロまではどのような道順になるかな」

後藤刑事が淳二に尋ねた。

「湖岸に沿って弟子屈《てしかが》方面に歩いて小一時間程です」

淳二が答えると後藤刑事が頷いた。

「それでは、参りましょうか」

後藤刑事の言葉に淳二が先頭になって一行はホロに向かって歩き始めた。空は晴れ渡っていた。湖岸の樹木にはまだ芽吹きが見られない。眼前には寒々とした湖面が広がっている。淳二は十数年前の記憶を辿りながらホロへの道を急いだ。淳二の直ぐ背後に後藤刑事と高橋巡査の足音がついてくる。その足音を耳にしつつ淳二は後ろを振り返ることはなかった。起伏の多い狭い山路、湖の対岸にそびえるカムイヌプリの丘、そんな周囲の状況に淳二は聖子と初めてホロに向かった遠い日を思い出した。不意に淳二の背筋がぞくっとした。朱色に染まった湖面が目に飛び込んできたからだ。その朱色に淳二は嫌悪感を覚えた。

「この色は何だ」

突然、淳二の背後で後藤刑事が叫んだ。

「昔、噴火で摩周湖ができたとき、砂や岩が焼けたせいだと思います」

淳二が立ち止まり、振り返って言った。透明な湖水の下で湖岸近くの浅瀬の砂や岩が赤く焼けただれているのだ。それで水が朱色に見える。相変わらず血を連想させるような嫌な色だ、と淳二は思った。

「ところで、ホロはまだかね」

後藤刑事は息せき切って言った。

「いえ、もう直ぐです」

淳二が答えた。ほどなくして前方に周囲が朱色の洞窟が現れた。

「ここがホロです」

淳二が洞窟の入り口の前で足を止めて言った。

「ここが問題のホロか。中に入っても危険ではないかね」

後藤刑事が言って躊躇いがちに中を窺った。

「大丈夫です。ホロの中は高さも横幅もあります。奥行きも相当ありますが、途中で光が届かなくなります。それからホロの中の壁はやはり赤くて、触れると衣服が赤く染まります」

「そうか、それでは懐中電灯を点けて中に入るとするか」

後藤刑事が意を決したように言って、先頭に立ってホロの中に足を踏み入れた。一行が外の光が微かに届くホロの奥まで来たときだった。

「ちょっと待て、何かある」

と先頭の後藤刑事が立ち止まった。一行は懐中電灯を高くかざしてホロの奥を探った。懐中電灯の光が横たわっている人影を照らし出した。後藤刑事が真っ先に駆け寄った。

「これは女性だよ。北原さん、問題の女性かね」

淳二も慌てて駆け寄った。後藤刑事がその女性の顔を懐中電灯で照らした。闇の中に横たわっているのはまぎれもなく聖子だった。後藤刑事の懐中電灯が、聖子が横たわっている様を照らし出した。聖子は仰向けに横たわっていた。右手を横に投げ出し左手は胸に置いていた。

聖子は微動だにしない。

「北原聖子さんです」

淳二はやっと聞き取れる掠れた声で言った。そのとき後藤刑事が「あっ」と声をあげた。

「リストカットだ」

後藤刑事が押し殺すような声で呟いた。聖子の投げ出された右手をよく見ると手首から手の先端部分が水の溜まった地表岩盤の窪みに隠れていた。その窪みが真っ赤になっている。リストカットで流れ出た聖子の血液が地表岩盤の窪みの溜まり水に溶け込んだのだろう。

「これは駄目だな」

そう後藤刑事が呟いて、聖子の左手の脈を取った。

「うーん、死後、相当の時間が経過している。脈がないのは勿論、硬直も認められる。まずは丁寧に現場写真を撮ることだな」

後藤刑事が高橋巡査に指示をした。

「はい」

と高橋巡査が答えて、素早くリュックからカメラを取り出して次々とシャッターを切り始めた。その度にカメラフラッシュの閃光が暗い洞窟内に走った。その間、後藤刑事が聖子の左肩の傍らに落ちていたカミソリを拾い上げた。

「これでリストカットか」

後藤刑事が呟いたときだった。淳二は聖子が何かを手にしているのに気がついた。

「後藤刑事さん、彼女が手に何か握っています」

淳二が聖子の左手を指し示した。すると後藤刑事が「どれどれ」と言って、聖子が握っていた小さな物体を手に取って懐中電灯の光で照らした。そして彼は沈黙したままそれをじっと見詰めていた。淳二も目を凝らしてそれを見ていた。それは細長い小指ほどの金属棒だった。

「これは何かの鍵だな」

後藤刑事がそう言ったとき、淳二はそれが何であるかを思い出した。聖子が大切にしていた彼女が称する宝石箱の鍵だったのだ。淳二は思わず叫んだ。

「後藤刑事、それは聖子さんの宝石箱の鍵だと思います」

「宝石箱だって」

後藤刑事が訝しげに言った。淳二が近くに彼女の宝石箱があるはずだ、と思った。そのときだった。

「後藤警部補、こんなところにリュックが」

と高橋巡査が叫んで、横たわっている聖子から二メートル程のところに放置してあったリュックを手にした。

「あっ、その中に小箱が入ってないですか」

高橋巡査が手にしたリュックを見て淳二が言った。

「洞窟の中では暗くてよく分からない。いったん外へ出よう。そのリュックを持って来てくれ」

後藤刑事の言葉に一行はホロの外へ出た。外の光がとてつもなく眩しかった。

「遺体を運ぶ必要があるな。パトカーの無線で摩周署に連絡をして応援を頼むことになる。早速、そのリュックの中身を点検してくれ」

「はい」

高橋巡査が後藤刑事の指示に応えてリュックの中身の点検を始めた。登山用の上下の衣服と帽子、靴下、手袋などの衣類、それから化粧品類や財布が入ったポーチ、そして淳二が見慣れたバラの花柄が鮮やかな薄紫の小箱があった。その小箱は淳二が知っている宝石箱だった。高橋巡査はそれらをリュックから取り出して後藤刑事の指示を待った。直ぐに後藤刑事がリュックから取り出された物品の中身を一つ一つ確認し始めた。

「これは財布だ。現金だ。うーん、現金がある。百万円はあるな」

後藤刑事が驚いたように言った。それから最後に小箱を手にしてその蓋をこじ開けようとした。

「うーん、これは開かないな」

後藤刑事が淳二を見た。

「後藤刑事さん、さきほどの鍵で開くと思います」

「そうか」

と後藤刑事が上着のポケットに仕舞い込んでいた鍵を取り出して小箱の鍵穴に差し入れた。難なく小箱の蓋が開いた。その途端、小箱からメロディが流れた。「乙女の祈り」である。淳二は小箱がオルゴールだったことを思い出した。後藤刑事は鋭い目つきでその小箱の中を覗き込んだ。

「指輪にイヤリング、それにネックレスか。あれっ、これはメモ用紙かな」

後藤刑事がそう言って、小箱から小さく折りたたんだ一枚の用紙を取り出した。そして小箱を高橋巡査に手渡してから、おもむろにその用紙を両手で伸ばし広げた。それは一枚の便せんだった。思わず淳二はその便せんに視線を走らせた。何か書いてあるようだった。後藤刑事は手にしたその便せんを食い入るように見詰めていた。そして大きく溜息をついた。

「彼女はやっぱり自殺か。自殺では彼女が掛けていた生命保険金三千万円は無効になるな。北原さん、これは遺書ですよ」

後藤刑事はその便せんを淳二に手渡した。淳二は便せんの文字を見た。それは淳二が見慣れたまぎれもなく聖子の筆跡だった。淳二は一息ついてから便せんの一字一句に目を凝らした。不意に淳二は背筋がゾクゾクとするような悪寒を覚えた。これは正真正銘の自分に宛てた聖子からのメッセージだ、と淳二は確信した。

「ところで北原さん、これからどうなさいます」

「どうって」

と、淳二は戸惑って後藤刑事を見た。

「北原聖子さんは自殺と推察されます。それで貴方をこれ以上お引き留めすることはできません。ここで札幌にお帰りになりますか」

「それで、聖子さんの遺体はどのような取り扱いになりますか」

「そこなんですよ。事前に北原聖子さんの身辺について調べました。二週間程前に、パトロンだったある漁業会社の社長と手を切って、アパートを引き払い彼女の友人のある女性のところに身を寄せていました。彼女はこれまで水里から釧路に住所を移転しておりません。ところが釧路に転居するまで、水里で一緒に暮らしていた彼女の母親と叔父は所在不明です」

「身寄りがないこのような場合、どういうことになりますか」

淳二は困惑して後藤刑事に尋ねた。

「実質的な身寄りと言えば、北原さん、貴方だけです。でも、貴方は遺体引き取りの義務はありません。どうなさいます」

後藤刑事は探るように淳二を見た。

「これは困りました」

淳二は本心を隠そうとはしなかった。

「まあ、そうでしょうな。これから検視官がご遺体の確認をして、私どものほうで火葬と埋葬をすることといたしましょう。それで、この遺書は如何いたします。当面は捜査資料として、私どものほうで保管することになりますが」

後藤刑事が聖子の遺書に触れた瞬間、淳二はどきっとした。聖子の悲鳴のような叫びが淳二の胸を突いたのだ。

「後藤刑事さん、やっぱり、私が聖子さんを荼毘に付して、札幌で永代供養をいたします。それで、最終的に私が遺品も全て引き取ります」

「そうですか、故人にとってそれが一番良いと思います。それで火葬はどこでなさいます」

「水里の集落に火葬場があります」

「それで火葬に際しましては、遺書に記載されている事項について事実確認が必要です。それで火葬はその後とさせて頂きます」

「えっ、それはどういうことですか」

淳二は後藤刑事の言う意味が分からず聞き返した。

「我々としてはいわば、抽象的な北原聖子さんの遺書に記された真実を把握する必要があります。そのうえで、彼女の死が自殺である旨の心証が得られれば、今回の事件は無事終結することになります」

「心証と言っても、どのように」

「まず、北原さん、貴方からこの遺書の意味を解説して頂きます。それに基づいて関係者から事実確認を行います」

後藤刑事の言葉に淳二は狼狽えた。淳二は聖子の遺書から逃れたかった。そこには耐え難いほどの彼女の慟哭が読み取れたからだ。淳二が遺書について語るということは自分と聖子、それに梨絵について言及することになる。淳二は困惑して後藤刑事を見詰めた。後藤刑事は強い視線で淳二を凝視していた。淳二は覚悟を決めて遺書が意味する主旨を掻い摘んで話した。淳二が話し終えると後藤刑事が口を開いた。

「それでは念のため、加門梨絵さんと接触させて頂きます。住所と職場はどこですかな」

「これから札幌に行くのですか」

淳二は驚き思わず声高になった。

「いえ、なに、電話連絡で札幌の署のほうで対応してもらいますよ。ですから一両日で済みます。火葬にはそれほど支障はないでしょう」

後藤刑事は事務的に言った。淳二は途方に暮れていた。聖子の自殺の一件が梨絵と加門教授に知られてしまうからだった。

淳二は水里の山裾にある火葬場で聖子を荼毘に付した。ホロで聖子の遺体を発見してから二日経っていた。火葬には後藤刑事が立ち会った。火葬担当職員を介して淳二と後藤刑事だけの寂しい直葬だった。淳二は聖子の火葬が済むや否や直ぐに後藤刑事と別れた。そして聖子の骨箱を手にして夜行列車で札幌に直行した。札幌には真夜中に着いた。その翌日、早速、聖子を永代供養に付した。これら一連の葬儀費用は聖子が残した現金で全て賄うことができた。聖子の葬送を終えて淳二は少し落ち着きを取り戻した。淳二が職場の休暇を取ってから五日間が経っていた。淳二にとっては随分と長期に亘り職場を離れていたような気がした。その翌日、淳二は不安に駆られながら数日振りに研究室に向かった。淳二の不安感は彼にとって現実的な危機となった。淳二が出勤するなり彼は直ぐに加門教授から呼び出しを受けたのだ。予想していたこととは言え、淳二の緊張が極度に高まった。研究室の柱時計を見るとまだ午前九時前である。加門教授の通常より早い出勤に驚きつつも、淳二は覚悟を決めて教授室へ向かった。淳二はドアの前で歩みを止めた。そして深呼吸をしてからノックした。

「北原君か、入りたまえ」

威圧的な加門教授の声だった。淳二は静かにドアを開けて深々と一礼をした。淳二はそろりと教授室に足を踏み入れた。加門教授はデスクの前で腕組みをして座っていた。そして探るようにじっと淳二を見詰めていた。淳二は無言で加門教授の机の前に歩み出た。

「北原君、私に何か弁明することはないかね」

加門教授が淳二に鋭い視線を向けたまま言った。

「はあ」

淳二は不意を突かれて返答に窮した。

「はあ、じゃないよ。緊急の研究課題を放り出して、私に無断で休暇を取ったのはどういうことかね」

「申し訳ありません」

淳二はまた深々と頭を下げた。

「謝れば良いというものじゃない。梨絵の話によれば、今回の休暇はある女性の自殺に関係しているというじゃないか。本当かね」

「事情をお話しいたします。宜しいでしょうか」

淳二は加門教授を窺った。加門教授は黙って頷いた。淳二が事のあらましを説明している間、加門教授は目を閉じて沈黙していた。淳二が話し終えるや否や口を開いた。

「北原君、きみはその女性のことを我々に隠していたのかね」

「そんなつもりはありません」

「まあ、良い。ただしこれだけは言っておく。今後、梨絵との交際は一切認めないこととする。分かったね」

加門教授は断定的に言い放った。一瞬、淳二は呆然として加門教授を凝視した。加門教授はそんな淳二に冷たく言い放った。

「北原君、何か言うことはあるかね」

「あの……」

と、淳二が言い淀んだとき、加門教授がそれを遮るように通告した。

「北原君、私はときどき、きみの奥底に暗く陰鬱な陰が潜んでいるような気がしてならなかった。私には耐え難いことだよ。もう用件は済んだ。退室したまえ」

不意に、加門教授は座っていた椅子をくるりと回転させて淳二に背を向けた。淳二は仕方なくそんな加門教授の背に頭を下げて黙って退室した。

その日、淳二は昼休みを待ちかねて梨絵の職場に電話をした。梨絵は職場を欠勤していた。それで淳二は電話を梨絵の家にしようと思った。だがその瞬間、淳二は加門教授の険しい表情を思い浮かべた。それで淳二は逡巡し、結局、梨絵とは連絡を取らなかった。しかし、淳二が勤務時間を終える直前に梨絵から電話がかかってきた。

「お話があるの、いつものカフェで待ってる」

梨絵はそれだけを言って、一方的に電話を切った。心なしか淳二には梨絵の声が硬く思えた。淳二は慌ててデスクの書類を片付けてカフェに駆けつけた。カフェではいつも淳二と梨絵は奥まった席を確保するのだが、その日、梨絵はカフェの入り口近くの席で淳二を待ち受けていた。淳二を見て梨絵が片手をあげた。梨絵はいつもとは違って無表情である。

「ごめん、いろいろあって」

淳二が席に着くなり梨絵に言った。梨絵はカフェにいつ来たのだろうか。彼女のコーヒーカップが空になっていた。

「用件だけ言うわ」

梨絵は表情を崩さず言った。淳二はいつもとは異なる梨絵に思わず身構えた。

「淳二さん、私たちこれで終わりにしましょう」

思ってもみなかった梨絵の言葉に淳二は自分の耳を疑った。

「終わりって」

と、淳二が言って、まじまじと梨絵を見た。

「お別れしましょう。これっきりで」

「何故」

「何故って、淳二さん、私、警察にいろいろと聞かれたのよ。貴方との交際のこと」

「それは……、僕にも弁明させてよ」

「私、淳二さんの弁解なんか聞きたくないわ。聖子さんって引っ越しのとき、私を見ていたあの綺麗な女の人なんでしょう。貴方は聖子さんのこと、これまで一度も話してくれたことないじゃない」

「僕が悪かった、謝るよ」

淳二が頭を下げた。

「今さら謝られても、私、もうそんなことはどうでも良いの。とにかく、淳二さんとはこれで終わりなの。私の気持ちは変わらないわ」

一瞬、二人を沈黙が襲った。

「何が決定的なのかな」

淳二は途方に暮れて呟いた。

「じゃあ、仕方ないから言うわ。淳二さんは父の信頼を完全に失ったわ。貴方にはもう教授の芽がないのよ。私は教授の父を尊敬してるわ。私には教授夫人になれない人生なんて考えられないの」

梨絵はそう言うなり、急に席を立ってカフェを出て行った。

淳二は自宅の書斎で独り呆然としていた。マンションのキッチンとダイニングルーム、それに寝室は明かりを点けていない。書斎で机に向かい椅子に座ったままの淳二は寂寥感に苛まれていた。淳二は孤独感の中で無表情な梨絵を思い、無惨な自分の姿に嫌悪感を覚えていた。白い部屋の壁が淳二を妙に殺伐とした気分に駆り立てた。教授への道が無惨にも失われた自分は梨絵に捨てられたのだ、という虚無感がひたひたと淳二に迫りつつあった。失意の中で淳二は梨絵との関係を思い返していた。淳二が思う梨絵は明るく知的で聡明、それに色白で伸びやかな姿態、そのうえ大学教授の一人娘。淳二はそんな梨絵との甘美な日々を夢見ていた。それは梨絵に見守られながら北都大学の教授として研究生活を送ることだった。淳二は梨絵との日々を夢見ることで、水里の全てを断ち切ろうとしていたのだ。

淳二は自分のうちで最も疎ましい水里での大人たちや聖子の陰鬱な男女関係を想起した。そのとき淳二は梨絵との絆が打算だったことに気がついた。それは大学教授という共通の打算である。それゆえ、梨絵との関係が脆くも崩れ去ったのだ、と淳二は思った。淳二は梨絵とのことをあれこれと思い巡らすうちに、ふと、聖子が残していった宝石箱を見た。机の上に置いてあるその小箱には、生前、聖子が大切にしていた真珠のイヤリングとネックレス、それにルビーの指輪が入っていた。否、それだけではない。聖子が残していった遺書と、聖子が生前使用していた小銭入れの中に彼女の遺骨の小片も入っている。淳二は小箱の蓋をそっと開けてみた。瞬間、「乙女の祈り」のメロディが書斎に響いた。淳二は小箱から遺書を取り出した。それは一枚の便せんである。

淳二様
貴方をホロへ引き戻してしまって、本当にごめんなさい。心からお詫び致します。

私の望みはただ一つ。心底、貴方に尽くすことだけだったの。忍冬《すいかずら》の花言葉――献身愛、そして無償の愛。だから、私にパトロンがいて、貴方と離れていても、それで良いのだと自分に言い聞かせていたのです。

なのに、もう、私は貴方に尽くす術がない。何故なら、私が貴方に尽くしたいという切なる願いを、貴方は拒否されるのだから。

もう、貴方のうちに私は皆無。今や、貴方はあのお嬢さんのみによって占められている。

それゆえ、虚無に苛まれる私。心底、私は絶望した。だけど、その絶望の直中にあって、貴方のうちに私を永遠に刻みつけたいという欲求がふつふつと湧き起こり、私の魂が激しく揺さぶられるのです。
だから、せめてものお願い。私の宝石箱に僅かばかりの私の骨片を納めて、そっと貴方の傍に置いて欲しいの。唯一、それが私の最後の望み。

五月十日（明日はホロへ）　聖子

聖子の遺書を読んだ淳二は、ホロの暗闇に独り横たわっていた聖子を思い浮かべた。淳二にとってそれは惨い鬼気迫る情景だった。淳二を形容し難い寒々とした悪寒が貫いた。そして淳二は決して聖子から逃れることができないであろう自分自身を思い知った。

銀花

銀　花

一

土曜日の朝、関根智行《せきねともゆき》はピアノの音で目が覚めた。妻の里絵《さとえ》が弾いているのだ。何という曲だろう。何度か聴いたことがある。カーテン越しの日差しがベッドルームに微かな光を拡散している。智行はベッドから身を起こすなり、ベッドルームと隣室のリビングルームを隔てたドアを開けた。強い光が目に飛び込んできた。智行は素早く着替えた。やっぱり少し寝過ごしたらしい。智行を見て里絵がピアノから離れた。

「寝ていたのにごめんなさい。雪景色がとても素晴らしいのよ」

里絵は窓ガラス越しに望める戸外の景色に視線を向けた。

「気温が高くなる前に、この雪景色、見ていただきたくて」

智行は目映い雪の輝きに思わず「あっ」と声をあげそうになった。直ぐ目の前に広がる緑地帯にたっぷりと降り積もった純白の雪が眩しい。戸外の木々の枝に零れ落ちそうな真っ白な粉雪が朝の陽光に煌めいている。その煌めきは雪の結晶を構成する微細な粒子の一つ一つから発している。智行は目を凝らして見詰めていた。それらは微妙に様々なか細い色の光をプリズムのように拡散している。智行は光の色の虜になっていた。多分それは透明なガラス、否、ダイヤモンドを砂の粒子のように粉々に砕いたとき、その粒子の全てが陽光を吸い取って、さらにそれを様々に乱反射させる光と同質なのかも知れないと智行は思った。

風が微かに木々の間をすり抜けて小枝からパウダーのような微細な雪が舞い上がり空中できらきらと発光した。ダイヤモンドスノーだと智行は思った。この雪景色の全景を何と形容すべきか。樹氷ではない。むしろ樹雪と言うべきなのか。しかし、樹雪という言葉は辞書には見当たらない。緑地帯に林立する木々の枝一杯に咲いた真っ白い花のような雪の光景を凝視したまま、智行はこの雪景色を一言で形容するにふさわしい言葉を探していた。

戸外の気温は零下十度以下には低下しているだろう。もう少し日が高くなって気温が上昇すれば粉雪は湿雪に一変してべたべたになる。そして、木々に積もった粉雪は輝きを失ってしまう。だから今朝の雪景色は年に数回しか遭遇することがない貴重な冬のひとときだった。これが流氷で閉ざされるオホーツク海の冷気が吹きつける田舎の緑野《みどりの》では違う。緑野は智行と里絵の故郷である。札幌より気温が低い分だけこの幻想的な雪景色はもう少し多くの頻度で目にすることができる。だから智行はずっと以前から、この雪景色を一言でどう言い表すべきなのかと思い倦《あぐ》んできたのである。

智行は戸外を望むことができるリビングルームの窓が気に入っていた。それは二つの空気層をサンドした高断熱性の特大の窓ガラスでスウェーデン製である。だから戸外の気温が零下になっても暖房で暖められた室内の窓ガラスには水滴どころか一点の曇りも生じない。それで冬でも透明な窓ガラスを通して、一枚の絵画のような戸外の景色を楽しむことができるのである。智行たちの住まいに隣接する緑地帯は、地下鉄新さっぽろ駅から三キロメートル程離れた新興住宅地のどん詰まりにあった。そしてその緑地帯は住宅地に挟まれた細長い丘陵地にあって、四季を通じて変化に富んだ風景が折々に展開される。

「素晴らしいでしょう」

と、里絵が戸外の雪景色に見とれている智行に言った。智行は里絵に視線を移した。大きな窓ガラスの右端に雪景色と一体となった彼女の姿があった。彼女特有の栗色の長い髪、それに彼女の白い肌を包んだ赤いセーターと黒いパンツが見事に雪景色に映えていた。もう既に三十を過ぎているというのに彼女には中年女の臭いが感じられなかった。緑野で乳牛の搾乳をしていた女の手が例外なく真っ白だったが、彼女はそれにも増してミルクを肌に溶かしたように白かった。加えて里絵のしなやかな肢体が彼女を随分と若く見せているのだろうか。それとも、知的障がい児との交流に全エネルギーを傾注する、幾分世俗から距離をおいた彼女の日常のせいなのだろうか。そう思いつつ智行は里絵を見詰めていた。雪景色に溶け込んだ里絵。一幅の絵になると智行は思った。その途端、智行は彼女に漠然とした不安感を覚えた。そんな不安感はふいに一種の緊張感を伴って智行を襲う。それは結婚して三年にもなるのに、二人が未だにセックスレスである関係に起因していると智行は思っていた。自分には男として肉体を通して実感するであろう、いわば彼女との共有感覚、あるいは彼女に対する所有感覚が決定的に欠如しているのだ。だから、里絵がふと放心したかのように寡黙になったときなどは、血管を体内に潜ませた青白い彼女の細く長い腕や首筋を美しいと思いつつ、智行はたとえようもない不安感に駆られるのである。

「あら、どうかして」

里絵が怪訝そうな面持ちで言った。智行が彼女を凝視していたからである。そのとき予期せぬ電話が鳴った。智行が素早く受話器を取った。

「初めまして。あのー、私、浅見《あさみ》と申します。関根様でしょうか」

「はい、そうですが。浅見……様」

「私、緑野で教師をしていた浅見の家内でございます」

智行は思わず「えっ」と声をあげそうになった。彼女は浅見先生の奥さんだった。彼女とは全く面識がない。智行は思いがけない電話に、一瞬、返すべき適当な言葉を探せないでいた。

浅見先生は智行と里絵が中学生のときの担任教師である。それも二人にとってそれぞれに抜き差しならない関係にあった。浅見先生と音信が途絶えてから久しい。智行が最後に会ったのは、里絵と結婚する以前であるからもう三年以上になる。その間、手紙の遣り取りも途絶えていた。それでも同級生たちから、浅見先生は二年程前に最初の奥さんと離婚し、直ぐに智行たちと同年齢の女性と再婚したという話を聞いていた。電話をかけてきたのはその女性だった。

彼女の話では、浅見先生が脳腫瘍で入退院を繰り返しもう一年近くにもなり、二週間程前から病状が悪化し、ときどき意識が混濁することもあるというのだった。

「まだ意識が確かなときもあるのです。それで近いうちに、一度病院のほうに面会に来ていただければ大変嬉しいのですが。札幌から釧路まで遠くて恐縮でございます」

お互いに面識がないためか、彼女の声は終いのほうが頼りなげで消え入りそうだった。浅見先生はずっと以前から智行に会いたがっていたという。彼女の話を聞きながら智行はどう返答すべきか困惑していた。智行は妻の里絵のことに思いが囚われていたのである。それでも智行は里絵に無断で答えてしまった。

「早急にお見舞いに伺わせていただきます」

智行は様子を窺っていた里絵に電話の内容を簡単に説明した。里絵は表情を変えずに暫く考え込むように黙っていた。

「それで貴方、本当に伺うの」

「どうしようか」

少しの間沈黙が続いた。

「貴方、結局、お見舞いに行くのね」

里絵の探るような目の色だった。

「私も一緒に行くわ」

いつになく里絵の厳しい視線を感じながら、本当に見舞いに行くべきか否か智行の気持ちは逡巡し揺れていた。

二

山村の集落、緑野は知床連峰が望めるオホーツク海から二十キロメートル程内陸に入った僻地である。昭和三十(一九五五)年四月、冬になると雪で閉ざされ車も通行できないそんな僻地の緑野中学校に浅見先生が釧路からやって来た。その日は智行が中学校に入学した日だった。入学式終了直後に、浅見先生が式典の参列者に紹介された。紹介を受けるため浅見先生が登壇したときだった。一瞬、会場内がざわついた。浅見先生の服装が詰襟の黒い学生服姿だったからである。浅見先生は背が高く痩せぎすで髪をきっちりと七三に分けていた。緊張のためか表情は強張って見えた。参列者から「本当に先生なの」とか「まるで兄ちゃんだ」などの無遠慮な呟きが漏れてきた。

「……浅見先生は前年に高校を卒業されたばかりです。それで、代用教員として本校に赴任されました……」

教頭が浅見先生を紹介している最中に、参列者から「なるほど、幼いはずだ」「本当に、先生が務まるの」という囁きが会場内に響いた。そんな参列者が注視している中で浅見先生が口を開いた。

「私は若さゆえに、未熟な新米教員です。しかし、それだからこそ、思春期の真っ只中にある生徒諸君は、私にとって身近な存在として、限りない愛情を実感しております。生徒諸君のために精一杯尽くします。宜しくお願いいたします」

震え声で声高な浅見先生の訴えに参列者から共感の拍手はなかった。好奇な視線を浅見先生に注いだまま人々は散会していった。


緑野中学校は全在校生三十五名の小規模校である。そのうち、智行たち一年生のクラスは十二名である。浅見先生は智行たちのクラス担任になった。いつも学生服姿で智行たちとの年齢差が七歳に過ぎなかったこともあり、智行は浅見先生に親近感を覚えるとともに新鮮な刺激を受けた。刺激的と言えばまず浅見先生が赴任早々、緑野から高校に進学する者が殆どいないことを知って、急にクラスの生徒たちに高校進学と英語学習の重要性を諭し始めたことである。だが、緑野ではこれまで高校へ進学した者は教師の子弟など数名に過ぎない。殆どの者が中学卒業と同時に家業の農業に携わるか、どこかに雇われ実社会で働いていたのである。だから高校進学の重要性を訴える浅見先生に同意する生徒はいなかった。それに、「英語の学習が何の役に立つというのだろう」と生徒たちは声を潜めて口にした。そんな中、緑野の雪が解けて畑作物の播種《はしゅ》など農繁期を迎えた四月下旬、農作業に従事するために学校を休む生徒たちが目立ち始めた。それで、浅見先生はそんな生徒たちの家庭を訪問し保護者に直談判して、生徒の登校を訴え始めたのである。その結果、その保護者らとトラブルになり、波紋を生じさせることとなってしまった。

当初、智行はそんな強引とも思える浅見先生の言動に違和感を抱いていた。だがある日、智行の気持ちに変化が生じた。それは浅見先生が代用教員としてこの緑野にやって来た真意を知ったことだった。浅見先生は医大へ進学する学費を蓄えるために代用教員になったというのだ。

「私は未だ若いです。ですから私も君たちと同様に、未来に限りない可能性があると信じています。それで私は目標の達成に向かって努力しているのです。君たちも自分自身のより良い人生のために目標を持って、将来のために頑張ることが重要です」

医師を目指しその過程で教師になったという浅見先生に智行は衝撃を受けた。智行はこれまで緑野以外で暮らす自分を考えたことがなかった。緑野は智行にとってどこまでも貧しい閉塞した日常が連続する未来だった。それが浅見先生の言葉に触発されて、自分も目標を持って高校に進学すれば、もしかして緑野から脱出することができるかも知れないと思ったのである。

六月になって、浅見先生が教室に置いてある木製の本箱に数十冊の書籍を持ち込んだ。それは明治から昭和にかけての日本文学全集だった。浅見先生が生徒たちに僻地の緑野という枠を超えて過去から未来を見据えた視野と感性を高めることを期待したためだった。放課後、浅見先生はその文学全集を朗読して居残った生徒たちに読み聞かせた。初めて日本文学の世界を垣間見た智行にとっては様々に触発される場となった。例えば「馬鈴薯の花」の句を知ったときである。七月になって数町歩《ちょうぶ》に亘って馬鈴薯畑に花が咲いた。それを見て浅見先生が「とても美しい」と感嘆した。智行にとって馬鈴薯は生活の糧《かて》を得るために苦労して育成する農作物に過ぎない。数町歩に及ぶ畑起こし、施肥《せひ》、種薯《たねいも》蒔き、除草、病害虫防除、薯掘り、運搬など、人と馬だけの労力でどれほどの日数を要することか。それゆえ智行はこれまで馬鈴薯の花を愛でる気持ちを持ち合わせていなかったのである。

「馬鈴薯の花咲く頃と　なれりけり　君もこの花を好きたまふらむ」

浅見先生は日本文学全集から選んだ句を生徒たちの前で大声で読んだ。彼は歌の作者が誰であるかを伏せて、生徒たちへの学習課題とした。そして浅見先生は満開となった数町歩に及ぶ白い馬鈴薯の花に驚き賞賛した。

「畑作物の花がこんなに綺麗だなんて。これは素晴らしいですよ」

浅見先生は馬鈴薯の花を初めて見たという。

「生産過程で咲く花は見事で美しい。菜の花、クローバーの花、そしてこの馬鈴薯の花。どれも本当に綺麗だね」

浅見先生の言葉に智行は何か別世界を覗き込んだような思いに囚われた。確かに累々と白い花で埋め尽くされている馬鈴薯畑は見事で綺麗で、五枚の花弁をつけた一つ一つの花は可憐に見えるのである。いつも熱く様々に語る浅見先生にいつしか智行は魅了されていた。

八月も中旬を過ぎた夏休み中のことだった。その日の午後、智行は母に言いつけられて、二キロメートル程離れた緑野でただ一軒しかない雑貨店に砂糖を買いに行った。そこは緑野中学校の直ぐ傍にある小さな店である。村の商店街までは十キロメートルもあったので、緑野の人々は日常の簡単な買い物はこの店で済ませていた。智行は雑貨店で砂糖を一斤買った後、帰りに学校から一キロメートル程離れた小高い緑野の丘に寄り道をした。途中に智行と同級生の白川《しらかわ》里絵の家がある。周囲をイチイの樹木に囲まれた里絵の家は屋敷のように大きい。終戦まで地域の地主だった白川家は畑作の他に農産加工場も経営している。それで加工場の従業員も寝泊まりしているのだ。里絵の家に近づいたとき、智行は里絵が弾くピアノ曲が聞こえてこないだろうかと、一瞬、立ち止まった。里絵の家からは何も聞こえてこなかった。智行はほんの少し落胆したが気を取り直してその場を通り過ぎた。

智行はこれまで緑野の丘に野外授業を含めて数回来たことがある。丘の裾野は畑になっていたが、途中から急勾配になり頂上まで灌木も疎らな草原になっていた。智行は息を弾ませながら俯いたまま路のない坂を上り続けた。頂上近くで智行がふと一息ついたときだった。どこからか人の声がした。思わず顔をあげて頂上のほうを窺うと、二人の人影が見えた。目を凝らしながら近づくと意外にもそれは浅見先生と里絵だった。智行は立ち止まり、反射的に今上って来た坂を引き返そうとした。そのとき、里絵が片手をあげて智行に声を掛けてきた。

「智行君、私よ」

智行は気後れしながらも二人の傍に行った。里絵が笑っている。浅見先生はいつもと同じように学生服を着ている。

「智行君じゃないか」

浅見先生はまじまじと智行を見ている。

「あの……」

一瞬、智行は言葉に窮した。何故、浅見先生と里絵は一緒なのだろうかと思ったが、直ぐに浅見先生が里絵の家に下宿していることを思い出した。緑野では教員住宅が不足しているのだ。

「智行君、良いところへ来てくれたわ」

里絵が笑顔で続けた。

「私、先生に相談してたの」

「相談」

「ええ、私、お母さんが違うでしょう。この頃、お母さんと何かと行き違いがあって。養子の智行君なら私の気持ち分かるでしょう」

「お母さんが違うって」

智行は驚きを隠さず言った。智行は里絵の身の上を全く知らなかったのだ。それに自分が養子であることを里絵が知っていたのも智行にとっては意外だった。

「あら、私が養子であること、知らなかったの。それより智行君、先生も孤児なんですって」

意外な里絵の言葉に智行は思わず息を呑み込んだ。そして浅見先生を凝視した。浅見先生は平然としている。

「智行君のことは、ご両親から聞いています。でもね、養子ということは別に特別なことではないのです」

浅見先生は事もなげに言った。

「先生はね、実の親が誰であるかも分からないけれど、育ての親は先生を高校まで出してくれたのです。先生にとっては掛け替えのない人です。大切なのは君たちと今のご両親の関係です。里絵ちゃんにはそういう話をしていたのです」

里絵は彼女の父と愛人関係にあった女性との子供で、その女性が交通事故で亡くなり、乳児のときに里絵が白川の養女として引き取られたという。そして浅見先生は生後間もなく捨てられたので実の親は分からないという。智行は里絵と浅見先生の話を聞きながら、実父母が子沢山で貧しいこともあり、自分が子供のいない母方の妹夫婦の養子として引き取られたことを想起し、急に二人が特別に身近な存在として迫ってきた。

「智行君、そういうことなの」

そう言って、自分の身の上を淡々と話す里絵が智行には随分と大人びて見えた。そして目の前の浅見先生と里絵がまるで兄妹であるかのような錯覚を覚えた。

「先生、ここで休みましょうよ」

里絵の提案で三人は足を伸ばして草原に腰を下ろした。

「この丘から目の前に広がる緑野を眺めると、何かしら心が洗われるような気がするね。人は毎日あんな狭苦しいところであくせくと悩んだり悔やんだりしている。自分はなんてちっぽけな人間なんだろうと思うよ」

智行は浅見先生の話に何か不思議な響きを感じていた。智行は一度もそんな風に自分自身を見詰めたことがなかったからだ。

標高二百メートル程もある丘の頂上からは、急峻な山肌に幾筋もの険しい谷を刻み、視界一杯に裾野がゆったりと広がる端正で荘厳な斜里岳が直ぐ目の前に大きくそびえている。さらに、その遥か遠くにはオホーツク海に突き出た知床半島の脊梁を形作る海別岳《うなべつだけ》や羅臼岳《らうすだけ》などの知床連峰が望めた。また、その反対側には標高千メートル近い藻琴山《もことやま》も微かに見える。

「山は良いね。厳しくはあるが人を決して裏切ることはない」

浅見先生は遠くに視線を投じていた。

「ちょっと寝転がってみるかな」

浅見先生はそう言って、両手を頭の後ろで組んでいきなり草原に仰向けになった。智行と里絵も仰向けになった。仰向けになると同時に高さ五十センチ以上もある草が智行の視界の一部を遮った。瞬間、真っ青な大空の中に漂う様々な白い雲の形が目に入った。その日は晴れていて汗ばむほどの暑さだった。ときおり、風にそよぐ草木の葉音とともに、幾種類かの野鳥の声が草原を通り抜けていった。風は暖かかったが草原に覆われた地表はひやりとしていた。

「ねえ、面白いだろう。先生はこうして、ときどき空を見るのが好きさ。形を様々に変えて雲はどこへ行くのかなあ、なんて思ったり」

浅見先生の話を聞きながら眺める雲の流れは智行の目にとても新鮮に映った。

「人も雲のように漂いどこかに辿り着くのね。風に流されるままに」

里絵が感情を込めて呟いた。

「里絵ちゃん、できるならば人は自分の意思で行く先を決めたいものだね。そのためには勉強しなくっちゃ」

言い終えて浅見先生が起きあがった。智行と里絵も体を起こした。

「先生の話はやっぱりそこに戻るのね」

「私は教師だからね」

そう言って浅見先生は楽しそうに笑った。

「ところで智行君、英語のラジオ講座を聴きなさいよ」

「ラジオ講座」

「そう、英語は中一になってまだ始まったばかりだから、ラジオ講座で勉強すれば、都会の生徒に後れを取らないと思うよ」

「先生、それは無理です。僕の家には電気が来ていません。だからラジオもありません」

智行の家のように戦後になって緑野に入植した十戸程の開拓農家には電気もなく、夜は石油ランプの明かりで暮らす生活だったのだ。

「先生が一週間分を録音しておくから、日曜日に先生のところに来ると良いよ」

智行には直ぐにでも飛びつきたい話だった。しかし、父の了解が得られるかどうか分からなかった。

「智行君、先生の折角の好意よ。オーケーよね」

里絵が智行に返事を促した。

「先生、父に相談してみます」

「私からも話してみましょう。将来のためにも、先ずは進学しなくてはね」

智行の気持ちは高ぶっていた。高校進学も夢ではないかも知れないと思ったからである。それに、三人が共通する出生の境遇を知り得た緑野の丘でのひとときは、自分の胸の中にいつまでも刻み込まれるに違いないと智行は強く思った。

三

十一月下旬、智行はやっと父の関根正吉《しょうきち》の承諾を取りつけて英語のラジオ講座を受講できるようになった。当初、正吉は智行の懇願を一蹴していた。

「農業を継ぐ者は勉強なんか必要がない。先ずは農作業をきっちりと身につけて働くことだ。まして英語を覚えて何の役に立つのだ」

と頑固に主張したのだ。それでも正吉の許しを得られたのは、浅見先生が粘り強く何度も正吉を説得した結果だった。智行は農作業のない冬期間に限って、浅見先生が録音してくれたラジオ講座を受講できることになったのである。

その頃、緑野は一面が雪で覆われていた。智行の冬期間の仕事はせいぜい戸外に積み上げられた暖房用の薪を玄関内に運んだり、馬や豚、それに鶏などの家畜の飼育である。それで毎週日曜日には、智行はこれらの仕事を早めに終えて午後の四時から三時間程度、浅見先生の指導を受けながら英語のラジオ講座を受講したのである。十一月下旬の午後四時と言えば、緑野では既に日はとっぷりと暮れて周囲は暗かった。智行の家から里絵の家までは約二キロメートル程である。凍てついた暗い道ではあったが智行は苦にならなかった。受講の最初の日、里絵の家に着いた智行は玄関の前で一呼吸してから呼び鈴を押した。

「あら、智行君、いらっしゃい。やっと来れたのね」

意外にも姿を現したのは里絵だった。

「先生いる」

「私、今まで先生に教えてもらっていたの」

「先生に」

「父が先生に家庭教師をお願いしたの。五月からよ。それで今日の分はたった今、終わったところ。どうぞ、こちらよ」

里絵は智行を玄関から縁側続きの一番奥の部屋へ案内した。里絵がドアをノックした。直ぐドアが開いて浅見先生が顔を出した。

「やあ、ようやく来たな。さあ、遠慮なく入りなさい」

初めて訪れた浅見先生の部屋だった。半開きのドアから智行は素早く部屋の中を見回した。八畳間で、中央の天井から吊るされた百ワットの裸電球が目に痛いほど眩しかった。壁際に置かれた大きな二個の本箱には、本がぎっしりと並んでいた。その横には座り机があり、蛍光灯のスタンドが置いてあった。なんと素晴らしい部屋だろう、と智行は思った。

智行の家では夜は薄暗いランプ生活だった。勿論、智行には勉強部屋などない。勉強するときは家族が話をしている八畳の茶の間で、飯台を出して机の代わりにした。本箱はミカンが入っていた小さな空の木箱を茶の間の隅に積み重ねて、それに教科書を入れていた。

智行は浅見先生の部屋にためらいがちに足を踏み入れ後ろを振り返った。いつの間にか里絵の姿はなかった。

「先生、凄い本ですね」

様々な書籍が本箱に溢れんばかりに並び積み上げられていた。智行は興奮していた。

「先生、哲学って何ですか」

「ああ、この本ね。簡単に言えば、人生について考察する学問かな」

智行が驚いている様子に浅見先生は満足そうに目を細めている。

「ところで英語はね、緑野のような田舎が一番ハンデを負うからね。全国一律に放送されるラジオ講座で頑張らなくてはね」

早速、浅見先生は録音しておいたラジオ講座を再生した。智行はそのとき初めてテープレコーダーを目にした。

浅見先生の部屋は智行にとって何もかにもが目新しかった。まず、ラジオ講座から流れる英語講師の解説そのものが新鮮だった。それに浅見先生からマンツーマンで教わることが、これまでの智行の日常からは考えられない夢のような時間だった。そして、それが現実であるという事実が彼を有頂天にさせた。

智行は毎週の日曜日が待ち遠しかった。日曜日には日中の仕事が終わると小走りで里絵の家に向かった。浅見先生の計らいで智行は白川家の家族に無断で浅見先生の部屋に直行することが許されていた。智行の英語学習は里絵の補習とほぼ入れ違いの時間帯だった。それで智行が浅見先生の部屋に到着したとき、部屋の前で里絵に出会うこともあった。その度にお互いに一言か二言、短い言葉を交わした。そんなあるとき、たまたま智行は里絵の視線を間近に受けて、思わず里絵の目をまじまじと直視したことがあった。視線を返す里絵には何のためらいも見られなかった。しかし智行は彼女の大きな黒い瞳に直視され、思わず身を堅く硬直させて、どぎまぎしている自分に気がついた。彼女の目の色は深く澄んでいた。それ以来、智行は里絵の家に向かう度に彼女に会えるかも知れないという密かな期待感に胸が一杯になるのだった。

週に一度、智行に至福をもたらせた日曜日は約四ヶ月間続いた。しかし、たった一度だけ、そんな日曜日が智行から奪われたことがある。それは中学一年生も終わりに近い三月の第一日曜日だった。

その頃、浅見先生は「人は何のために生きるか」という命題について執着し、あれこれと思考する論理の展開を生徒たちに示していた。智行も浅見先生に感化されてその命題の虜になり、自分なりにあれこれと思い巡らせていた。そんなある日の真夜中、智行は蒲団の中で何故か目覚めてしまった。カーテンのない窓から月明かりが部屋に差し込んでいた。蒲団から顔を出して吐く自分の息が白い煙のように見えた。蒲団の中の温もりとは異なり部屋の空気が凍てついていた。そのとき不意に智行は思い及んだのである。人は自分の意志に関係なく生まれてきた。

だから人は目的を持って生まれてきたわけではない。「人は何のために生きるか」ではなく、「人は如何に生きるべきか」ではないだろうか。そう思うと智行は急に目が冴えて眠ることができなくなってしまった。

その日、智行は一刻でも早く浅見先生に会って、自分の思いを伝えたい欲求に駆られていた。智行は一日中、興奮して落ち着かなかった。それでその日はいつもより三十分以上も早く里絵の家に来てしまった。

そして智行が玄関の引き戸を開け欄間の見える広い玄関ホールに足を踏み入れたときだった。急にバタバタと足音がして目の前を人影が過って行った。目を凝らすとパジャマ姿の里絵の後ろ姿が目に入った。淡いピンクのパジャマ姿に背中まである長い栗色の髪が揺れていた。里絵は智行が玄関ホールに入ってきたことに気づかなかったのだろうか。彼女は振り向きもしなかった。怪訝に思いつつも智行は縁側伝いの長い廊下を通って浅見先生の部屋の前で立ち止まった。いつもならばきちんと閉じている部屋のドアがほんの少しだけ開いている。約束の時間よりも早く来たので智行は遠慮がちにそっとドアをノックした。直ぐに返事はなかった。智行はもう一度ノックした。

「だれ」

「僕です。智行です」

「今日は早いんだね。ごめんね、先生、今日は急に都合が悪くなってね」

浅見先生はまだ蒲団の中なのだろうか。低く抑えたようなくぐもった声だった。突如、智行はそれまで妙に気負っていた自分に言いようもない気恥ずかしさを覚えた。智行は訳もなく慌てて無言で里絵の家を出た。馬と人とで雪が踏み固められ凍てついた帰り路はやたらに遠かった。それでも智行はただ黙々と俯いたまま歩き続けた。

翌日の月曜日、浅見先生は智行と顔を合わすなり「きのうは悪かったな」と言った。たった一言だけだった。里絵は風邪でその日から学校を休んで登校して来なかった。そして、その僅か一週間後だった。突然、浅見先生が「学校を辞めることになった」とクラスの生徒たちに告げた。生徒たちは一斉に驚きの声をあげた。たちまち教室がざわめきで埋め尽くされた。浅見先生は少しでも早く医大に進学するために、給料の高い釧路の民間会社に転職することにしたというのだった。

そして終業式を間近に控えた英語学習の最後の日、ラジオ講座の聴講と補習授業が終わってから、浅見先生が本棚の上に置いてあった箱を持ってきた。

「はい、プレゼント」

「えっ、何ですか」

智行は差し出された箱を見て尋ねた。

「智行君、頑張ったからね。トランジスターラジオだよ。これがあればラジオ講座が聴けるからね」
思いもしなかった浅見先生の心遣いに智行は目頭が熱くなった。トランジスターラジオは浅見先生の一ヶ月分の給料よりも高額のはずだった。智行はトランジスターラジオがあまりにも高価だったので、父の了解を得てから受け取ることにした。

浅見先生が緑野を去る日が数日後に迫っていた。智行にとって浅見先生との別離は考えることさえ辛いものだった。それでもその日は確実にやって来た。浅見先生は保護者などの送別会を辞退していたので、終業式の終了後に開催したクラスの生徒たちによる別離を惜しむ簡単な会が唯一の送別会となった。そして遂に浅見先生が緑野を去る日がやって来た。緑野には鉄路が通っていない。それで智行は父の正吉と一緒に鉄路のある清美《きよみ》市街まで浅見先生を見送ることになった。緑野では冬期間は積雪のため路線バスも運休し車は交通不能となる。だから見送りには馬橇を仕立てた。緑野から清美峠を越えて鉄路のある清美市街までは十キロメートル程の道程である。浅見先生は清美市街の国鉄駅から釧路市に向かう汽車に乗ることになる。

その朝、智行と正吉は里絵の家に浅見先生を迎えに行った。二人は朝の六時に里絵の家に着いた。予定よりも三十分早かった。すると意外にも浅見先生が玄関先に一人でぽつんと立っていた。浅見先生が正吉に「お世話をおかけします」と言って頭を下げた。そのとき、里絵の父である白川英明《ひであき》が家の中から出てきた。智行が会うことは滅多にない。ジャンパーを着てハンチングを被った白川英明は恰幅の良い旦那だった。何故か彼の妻と里絵は姿を見せなかった。

「関根さん、ご苦労さんです。宜しくお願いします」

と白川が正吉に言った。正吉は黙礼で応えた。白川は浅見先生に声を掛けなかった。浅見先生も沈黙していたが、出立間際に、

「大変お世話になりました」

と言って、深々と白川に頭を下げた。白川は何も言わなかった。

里絵の家を出立した浅見先生は清美市街へ向かう途中、ずっと沈痛な面持ちで黙ったままだった。智行は里絵のことが気になっていたが口に出せないでいた。そして、清美峠の頂上にさしかかったとき、ようやく浅見先生が口を開いた。

「すみません、ちょっと馬を止めてください」

正吉が馬を止めると浅見先生は馬橇を降りて清美市街のほうを眺めた。

「いつ見ても清美峠の眺めは素晴らしいですね」

智行たちも馬橇から降りて浅見先生に並んだ。清美峠から望む景色は残雪が光をきらきらと放出し、眼前に斜里岳、知床連峰が青く映えていた。浅見先生が正吉に向かって言った。

「智行君から話があったと思いますが、ラジオを受け取ってください。一生懸命頑張った智行君に私からのプレゼントです。それにもう販売店に返品することもできませんので」

「先生、本当に高価なもので誠に恐縮です。それではご厚意に甘えて遠慮なく頂戴いたします」

正吉は深々と浅見先生に頭を下げた。智行も慌てて一礼をした。

「それから、私の自転車を白川さんのところに置いてきました。のちほど智行君が取りに行く旨伝えてあります。中古ですが高校の通学に使えます。是非、智行君を高校に進学させてください。お願いです」

予期していなかった浅見先生の言葉に智行は思わず正吉の顔を見た。正吉は黙っている。

「資金的には特待生として奨学金を受ける方法もあります。勿論、智行君は農作業の手伝いをしながらということになりますが……」

「先生、智行のため何かと有り難うございます。そのことは考えさせてください」

「智行君なら期待に応えてくれます。是非、高校に進学させてください」

「先生、遅れるといけませんから出発しましょう」

浅見先生の返事を待たずに正吉はさっさと馬橇に乗り込み馬の手綱を取った。智行は浅見先生の思いがけない心遣いに胸が熱くなった。しかし、浅見先生に自分の気持ちを表す言葉が見つからず戸惑っていた。いつの間にか三人はまた寡黙になって、ただひたすらに清美の市街地に向かって行った。

駅舎に着くと浅見先生は智行にラジオを差し出した。

「どうも有り難うございます」

智行はおそるおそるラジオを受け取って正吉を見た。

「本当にすみません」

正吉がすかさず浅見先生に丁寧にお辞儀をした。

机や本箱、それに書籍などは事前に引っ越し先に送っていたので、浅見先生の手荷物は大きなボストンバッグ一個だけだった。正吉は浅見先生から無理やりそのボストンバックを受け取り駅舎まで運び込んだ。駅舎には三人の他に客は誰もいなかった。二十人程で一杯になる木造の小さな古びた駅舎だった。三人はその駅舎でひっそりと汽車の到着を待っていた。予定の時刻に汽車は到着した。智行と正吉は急いでボストンバッグを客車に積み込み網棚に載せた。汽車の停車時間は数分だったので、智行たちは直ぐホームに戻った。浅見先生は車内から窓を開けてホームで見送る智行たちを無言で見ていた。発車のベルが鳴って汽車がガタンと音を立てて動き出した。

「どうも有り難うございます。お元気で」

浅見先生は半身を窓の外に乗り出すようにして叫んだ。智行は思わず汽車を駆け足で追いかけた。次第に汽車は速くなり智行から遠ざかって行く。ホームが切れる先端まで追いかけてきたとき、蒸気機関車の泣き叫ぶような甲高い汽笛が鳴った。窓から身を乗り出している浅見先生の姿は見る間に小さくなっていった。

「浅見先生、さよなら。さようならあー……」

智行はあらん限りの声で叫んだ。とうとう浅見先生の姿は見えなくなり、直ぐに汽車も豆粒のように小さく遠ざかって智行の視界から消えてしまった。

四

智行が里絵と結婚したのは二十九歳のときだった。その前年に二人は偶然、札幌で再会した。中学卒業後、智行と里絵は別の高校へ行ったので二人は滅多に会うことはなかった。智行がごくたまに里絵の姿を見かけたのは、里絵が夏休みなどの休暇中に高校の寄宿舎から緑野の白川の実家に戻っていたときである。しかしその後、里絵は東京の医療系大学へ進学し智行とは完全に音信不通となっていた。それが思いがけず十数年振りに再会したのである。

それは智行が知的障がい児施設の陽光園を訪れた九月の下旬だった。その日、智行は学生の卒論指導のために数名の学生を引率していた。園長に会って学生の指導に関して一通りの依頼を済ませて園長室を出た。そして、自分が勤める大学に戻ろうとしていた園内の廊下で里絵にばったりと出会ったのである。遠くからこちらに近づいてくる人影を認めたとき、智行に何故か懐かしい思いが込み上げてきた。均整の取れたシルエットが間近に迫ってきて長い髪がリズミカルに揺れている。その長い髪が栗色と知ったとき、それは昔見慣れた人の姿だったことに気がついたのだ。同時に、胸に付けた「白川里絵」のネームプレートが智行の目に飛び込んできた。

「里絵ちゃん、里絵ちゃんじゃないか」

智行は思わず叫んでしまった。里絵が足を止めて智行を見た。

「あら、智行君」

驚いている里絵の目が間近にあった。

「どうしてここに」

「私、作業療法士なの。それで」

「驚いたなあ。それにしても懐かしいよ」

「本当に久し振りね。これからどちらへ」

「用件が済んだので帰るところ」

「あら、折角ですから、ミーティングルームで少し休んでいきません」

里絵の誘いに智行は引率してきた学生たちを先に帰して彼女について行った。ミーティングルームには午後の日がたっぷりと差し込んでいた。

「暑いわね」

里絵はクーラーを入れた。

「里絵ちゃんが札幌にいたとは、僕は全く知らなかった」

「智行君は大学で心理学教室の助手をされているのでしょう」

「なんだ、知っていたの。それなら連絡が欲しかったな」

「ごめんなさい。私、クラスの誰とも会いたくなかったの。でも不思議ねえ。こうして智行君に会ってみると急に懐かしくなって……」

里絵は声を詰まらせた。

智行には、二人しかいないミーティングルームで、図らずも里絵と向き合っていることが信じ難かった。日差しが白い里絵の顔半分を照らしている。一際目立つ透明感のある白い肌は昔と変わらなかった。里絵は完全に昔の面影を智行の前に再現していた。智行に昔の里絵が蘇った。智行はずっと以前から里絵に魅せられていた自分自身を想起した。同時に、里絵と二人きりのこのときめきの瞬間を消失させてはならないという思いが智行を満たしていた。

「ネームプレートはまだ白川なの。結婚は」

「ええ、まだよ。智行君は」

「ああ、僕もまだ」

「あら、意外ね」

里絵の澄んだ目が笑っていた。智行は言葉に詰まって狼狽えた。智行は自分が無意識のうちに結婚を遠ざけていたのは、里絵の存在にこだわりを持っていたのかも知れない、と里絵を目の前にして思った。里絵は紛れもなく智行の初恋の人だったのだ。その初恋の人が目の前にいる。智行は里絵に向かってほとばしる形容し難い何か激しい感情に支配されていた。それは智行を突き動かそうとする衝動となった。

「里絵ちゃん、結婚してくれない」

一瞬、里絵がきつい目で智行を見た。智行の告白は唐突であまりにもぎこちなかった。自制を失った智行の思考は混乱していた。

「昔から好きだったんだ」

智行が長年潜めていた里絵に対する思いが自分でも抑えきれない求婚の言葉となってしまった。智行の心臓は張り裂けそうに激しく鼓動している。その智行の告白に里絵は心なしか沈んだ表情で遠くに視線を投じていた。そして呟くように言った。

「ごめんなさい。私は駄目なの、結婚は」

「嫌われたのかな」

里絵の返事に智行はやっとそれだけを言った。

「ううん、あなたが嫌いという訳じゃないの」

「それじゃ、何故」

智行の問いに里絵は唇を強く噛んで何かにじっと耐えている風だった。やがて思い詰めた気持ちが吹っ切れたかのように里絵が顔をあげた。そして、智行の目を真っ直ぐ見据えて口を開いた。

「智行君とはもう会うこともないでしょうね。だから思い切ってお話しするわ」

里絵は一瞬言葉を切ってから続けた。

「中一も終わりの三月よ。智行君が英語の補習を受けに来てキャンセルされたことがあったでしょう。智行君、気がつかなかった？　私、あのとき酷い目に遭ったのよ。それも智行君が敬愛しているあの先生に」

里絵の目には敵意が込められていた。智行はよく事情が呑み込めずに困惑して里絵を見詰めていた。

あの日、里絵の父母や従業員が年一回の慰労会で温泉宿に出かけたが、折悪しく風邪を引いていた里絵だけが止むなく留守番をしていたという。そのとき、たまたま風邪薬を切らしてしまい、里絵が風邪薬を求めて浅見先生の部屋を訪ねたところ、まだ蒲団に潜っていた彼に突然襲われ乱暴されたというのだった。

「あのとき、私はまだ中一だったのよ。ぼろぼろになって奈落の底に突き落とされてしまったの」

里絵の声は震えていた。智行は里絵の告白にただ呆然としていた。

「私は彼を絶対に許せない。彼は信頼していた教え子を滅茶苦茶に踏みにじったのよ」

智行は里絵の告白が信じ難かった。浅見先生は緑野を去ってからも、智行を高校に進学させるよう父母を説得してくれたばかりか、大学進学に際しては初年度の納入金の支援までしてくれたのである。だから智行と浅見先生との親交は今でも続いているのだ。それゆえ、悲痛な面持ちで里絵が告白する彼のあり得ない卑劣な姿は、智行の中で虚像のように限りなく希薄な姿にしか留まらないのである。

「だから、私は誰とも結婚しないわ。いいえ、できないのよ」

訴えるような里絵の思い詰めた表情だった。

智行にとって里絵の告白はあまりにも衝撃的だった。時が経過するとともに、彼女の言葉が智行の胸の奥底に澱となって重苦しく沈殿していった。智行は様々に思案してみた。だが智行の知る限り浅見先生に潜むセクシャルな臭いを嗅ぎ出すことができないのだ。それにこれまで二人の間でセックスに関する話題が取り上げられたことは一度だってなかったのである。智行は何度も彼の日常の細部を注意深く辿ってみた。結果は何度繰り返しても同じである。それゆえ里絵が暴く全く別人のような彼の存在がどうしても智行には信じ難かったのである。

しかしながら、思えば快活だった里絵が中一の終わり頃から急に物憂げな少女に一変してしまったのも腑に落ちないことではある。彼女は笑わなくなりいつも伏し目がちで物静かになっていた。智行はそれが彼女の思春期だと思っていた。やはり里絵の話は真実なのだろうか。里絵がわざわざつくり話をする理由も全くないのだ。智行はそう思いつつ自分自身に潜む性的側面に思い至った。それはセックスポテンシャルが他人よりも幾分高いかも知れないと思いつつ、自慰行為をセーブできないでいる智行自身の姿だった。二十九歳にもなって、智行は妄想を掻き立てながら未だに自慰行為に及んでいる。

初めての性体験は智行が大学二年生のときだった。当時、智行は古びた長屋に間借りしていた。長屋は二階建ての木造バラックで、下町の細長い路地を挟んで密集した場所にあった。一階と二階に二部屋ずつの合わせて四部屋で、台所とトイレは共同だった。大家はもう七十半ばを過ぎた老女で長屋の一部屋に住んでいた。智行の他に、六畳間の二部屋にそれぞれ夫婦が住んでいた。智行の部屋は二階の四畳半だった。玄関を入って靴を脱ぎ、日の光の入らない薄暗い階段を上り切った二階の狭い廊下の突き当たりにあった。廊下を挟んだ向かいの部屋に二組のうちの一組の夫婦が住んでいた。男が四十過ぎで女が三十代半ばだった。智行は彼らが頻繁に発する無遠慮な夫婦生活の嬌声や、激しい夫婦喧嘩の騒音にときどき悩まされていた。そして、大学が夏休みに入って間もなくの蒸し暑い日のことである。智行は毎日朝夕続けている新聞の配達の他に、夏休みに入ってデパートの配送アルバイトも行っていた。真夏の暑さと重なって徐々に疲労が蓄積するなかで、智行はいつものように遅くなって帰宅した。狭い部屋で読みかけていた書籍をいつの間にか放り出して、裸電灯をつけたまま仰向けになって上半身裸で寝込んでしまった。真夜中だった。智行は名前を呼ばれて思わず「あっ」と声をあげ飛び起きようとした。

「関根さん、驚かないで。私よ」

智行の目の前には殆ど全裸に近い向かいの部屋の奥さんがいた。彼女は畳に膝をついて智行の顔を覗き込んでいた。居酒屋で働いているという彼女は美人ではないが肉感的だった。

「うちの旦那は今晩いないの。関根さん可愛いから、いいでしょう」

　幾分ハスキーな低い声で囁くや否や、彼女が覆い被さるように智行に抱きついた。智行は一瞬夢でないかと思った。そしてふいに激しい情欲に襲われた。完全には目覚めていない智行は何の抵抗もなく彼女を抱きしめていた。彼女は豊満で柔らかかった。智行は無我夢中で激した。彼女は智行の激しさを楽しんでいるようだった。ぎしぎしと床が軋む度に彼女は「下に聞こえる。もっとソフトに」と智行の耳元で何度も囁いた。二人は汗でべとべとになった。

「関根さんも大胆ね」

　行為が終わると彼女は含み笑いを残して直ぐに部屋から出て行った。残された体液と入り混じった饐《す》えたような汗の臭いが智行の興奮を一挙に消沈させた。智行の体に自己嫌悪感がべったりと張り付いていた。

　思い起こせばたった一度限りとは言え、ただひたすらに動物的だったあのときの激した自分は、紛れもなく何事もなかったように過ごしている日常の自分自身でもあるのだ。あのときの自分が今ここにこうしている。それは他者には見せたことのない隠された自分の存在そのものである。その自分に浅見先生を重ねてみたならば、自分と同様に動物の雄と化して女を犯す彼の存在もあり得るというのだろうか。仮にそうだとして、他人には見せない自分自身から見て、彼が犯したかも知れないその行為を許すことができるだろうか。もし自分が彼を許したとして、そんな自分を里絵は受け入れることが可能であろうか。智行の思考は思い惑いいつしか混濁して迷路に入り込んでいった。

突然の里絵との出会いは智行の気持ちを高揚させていた。里絵がごく身近にいるという思いが彼を満たし、本気で彼女を求めている自分を自覚したのだ。里絵に対する熱に浮かされたような現実から遊離した気分が智行の中で急激に膨張していった。里絵が智行を避けていることは知っていた。しかし、智行は高まる気持ちを抑えきれず数日のうちに、立て続けに何通ものレターを里絵に送った。それから三週間程経って、里絵から智行に電話がかかってきた。意外にも、里絵が智行に会いたいというのである。

里絵は都心のマンションに住んでいた。夕方、智行は里絵に指定された彼女のマンション近くのカフェに向かった。その途中、里絵は本当に来るだろうか、と智行は不安に駆られた。そして、カフェの店先にやって来た智行は一呼吸してからドアを開けた。智行が店内に足を踏み入れた。すると、先に来て席を確保していた里絵が立ち上がって智行の名を小声で呼んだ。店内は比較的明るく客は疎らだった。黒いスーツを身につけた里絵の顔が際立って白くそして艶やかに映った。里絵は他の客席から少し離れた一番奥まった場所を確保していた。

「ごめんなさい。お呼び立てして」

智行は里絵を間近に見て少しばかり驚いた。彼女は黒いスーツではなく喪服を身につけていたのである。そして智行が座席に着くと同時に口を開いた。

「私、智行君のプロポーズお受けしたいの」

里絵の言葉にふいを突かれて、智行は鼓動に合わせて激しく脈打つのを覚えた。同時に彼女の声に、感情を抑えた何か冷めたような響きを感じた。

「里絵ちゃん、凄く嬉しいよ。本気にするからね」

「本気よ。智行君と結婚したいの。私からお願いするわ」

「何か夢みたいだな」

「あっ、智行君のご返事は少し待って。その前に私の話を聞いて欲しいの」

里絵が一瞬言葉を切って智行を直視した。

「本当に智行君は似ているのね」

「似ている」

「そう、彼に。智行君はすっかり彼に感化されてしまったのね。どこか意味ありげに物憂げでピュアに見えて、そして激しい。口調や歩き方など仕草がそっくりだわ。それに、痩せぎすで背が高いところまで似ているなんて驚きだわ」

「そうかな」

「そうなのよ。それで私は復讐を決意したの」

「復讐」

智行は驚いて聞き返した。

「そう、彼に対する復讐よ」

智行は心なしか硬い表情の里絵を見詰めていた。

「私はあのとき以来、死んだも同然。それが智行君に会って、突然、私は蘇ることができるかも知れないと思ったの。私は彼から智行君を奪うのよ。彼から永遠に。彼は孤立するの。そして隠しようもない偽善者の自己を思い知って、そこから彼の苦悩が始まるはずなのよ」

智行は暗澹たる里絵の心の奥底を垣間見たような思いに囚われた。

「智行君、気がついていて。今日は私、喪服なの。私から彼を放逐するの。そして、私は蘇生するのよ。智行君、こんな私でも受け入れられる」

里絵の言葉は終いのほうが涙声になっていた。智行は里絵と一緒になれればそれだけで良いと思った。智行は里絵の申し出を無条件で受け入れた。

五

その年の十一月下旬、智行と里絵は結婚することになった。しかし、里絵の考えで結婚式も披露宴も行わないことにした。

智行と里絵は築数年しか経っていない一戸建て住宅を入手した。里絵の父の英明が住宅の購入資金を出した。それは一人娘に対する彼の強い意向だった。智行と里絵は新居に入居する前に里絵の好みに合わせて内装をリニューアルし、そのうえ家具や調度品も全て新たに取り揃えた。また、里絵が望まなかったので新婚旅行には行かなかった。里絵はこれまでの生活を一新し、新鮮な環境の中で新婚生活をスタートさせ、それを日常的に持続させたいというのである。

二人は新しい住まいの設えが全て整ってから引っ越しした。智行は里絵とともにリニューアルした広いリビングでくつろいでいると、まるでホテルにいるような錯覚に陥った。そして、その数日後の土曜日に二人だけの結婚式を挙げた。豪華な二人だけのディナーをオーダーし里絵は愛用のピアノに向かった。里絵は彼女の養母から贈られた真っ白なウエディングドレスを身につけていた。ピアノの鍵盤を弾く彼女の白く細い指がしなやかに躍動していた。智行は彼女を眩しく見詰めていた。一曲弾き終えた里絵の顔が紅潮していた。

「少し酔いたいわ。智行君、ワインを注いで」

演奏を終えた里絵がワイングラスを智行に差し出した。ワインを口に含んだ彼女の頬がほんのりと朱に染まった。それから彼女は智行と一緒にワインを二杯、ブランデーを一杯飲んで、さらに小さなウエディングケーキを頬張ってから、二人で軽くステップを踏んで踊ってみた。

「私、酔い過ぎたかしら」

里絵がよろめいて智行に深くもたれかかった。

「ちょっと横になったら」

智行は里絵を抱きあげベッドルームに向かった。

「智行君、優しくして。私、怖いの。だから飲んだのよ」

「大丈夫。僕たち、幼馴染みだから」

「そうよね」

ベッドで智行はそっと里絵の栗色の髪に触れた。里絵はじっと目を閉じていた。智行はそれから彼女を抱擁し唇を合わせ胸と大腿に手を忍ばせた。彼女の体は緊張で幾分硬くなっていた。それでも半開きの彼女の唇は快い陶酔の入り口に達しつつあるように思われた。いつしか智行は体の奥底から突きあげてくる激情を抑えきれずに、彼女の中に押し入ろうとした。里絵は抵抗しようとはしなかった。だが、羞恥心のためか両手で顔を覆って、無防備となった下半身は両足がきつく閉じられたままだった。智行はなおも愛撫しつつ彼女との結合を求め続けた。しかしながら、彼女の体は明らかに智行を拒絶していた。いつの間にか彼女の体はより硬く冷たくなって、両手で覆った指の間から見える彼女の顔が歪んでいた。すると突然、彼女は「あぁっ」と悲痛な声をあげてぐったりとなった。智行は慌てて里絵の体から離れた。

「どうしたの」

智行は驚いて里絵に声を掛けた。しかし、彼女から返事はなかった。半ば失神しているようだった。思わぬ拒絶にあって智行は狼狽した。それでもやっと里絵を寝具でくるみ彼女の背中を静かにさすった。ほんの少し時が経過した。

「ごめんなさい」

里絵が涙声で呟いた。智行は里絵にどう答えてよいか分からずただ黙って彼女の背中をさすり続けた。

「私の意思ではないの。無意識のうちに体が拒絶するの。私、駄目なのかしら」

里絵の目に涙が溢れていた。智行は彼女が受けた昔の忌まわしい陵辱が、今も深刻な心的外傷として彼女を苛んでいることを思い知らされた。

「大丈夫、僕たちは大丈夫だよ」

セックスレスだって全く構わない、プラトニックラブだって存在するのだ、と智行は思いながら里絵の髪を優しく撫でた。彼女の髪に触れながら、自分自身も傷ついていることを智行は知った。

智行と里絵の新婚生活はセックスレスではあったが、智行は二人が相互に求め合っていることを実感しているつもりだった。里絵はときどき智行の手に触れた。彼女の手はいつも冷たく指はほっそりと白かった。彼女は智行の手の感触に癒やされると言うのだった。ベッドの中で背後から里絵の胸に手を回し、全身を包み込むように体を密着すると智行は快い安らぎを覚えた。しかし、ときとして智行の意思とは関係なく男の情欲が全身を支配した。そんなとき里絵は智行の硬直した肉体を感じ取り直ぐさま嫌悪感を露わにした。それで智行は慌てて彼女の体から離れるのだった。そんな日々が半年程も過ぎて、智行はときどき同じような夢を繰り返し見るようになった。

夢に現れるのは若い女だった。少し距離をおいて女は智行を流し目で挑発するように腰をくねくねと揺すっている。目だけがぎらぎらとした妙に臀部が大きな女だ。智行が一歩近づくと女は一歩離れる。智行は女を征服したい情欲に駆られて女に襲いかかる。しかし、女は智行を揶揄するようにするりと逃げる。真っ赤なスカートがひらひらと舞っている。智行はいきり立ち、あらん限りの力を振り絞って女を追いかける。やっとの思いで智行は女を捕まえ女の体の中に入ることができた。そして、確かな交わりを感じた。それは学生のときに交わった女の感触のようでもあった。そこで智行は夢から覚める。目覚めると決まって射精していた。その度に智行は激しい嫌悪感に見舞われた。度々夢精を重ねるうちに、いつしか智行は里絵の前で男が蘇ることがなくなっていた。

里絵との絆はプラトニックラブであると智行は自分に言い聞かせていた。しかし時の経過とともに、しだいに強いストレスを覚えるようになっていた。そして智行はいつの間にか里絵に苛まれているような錯覚に陥っていた。里絵が恨みがましくなっていた。智行は、「僕はあの卑劣な彼ではない」と心の中で叫んでいた。一方で、自分の思いがあの卑劣な彼に同化しつつあることに気がついた。

智行を突きあげるセックスポテンシャル、夢想する自慰行為と学生のときの無節操な性行動は紛れもなく自分自身であり、もしかしたらあの彼自身なのかも知れない。つまりあのとき、彼はまだ二十歳そこそこの若者に過ぎなかった。今にして思えば、二十歳になったばかりの彼は多感で様々に悩み多い青年だったのだ。例えば、智行自身が実感するプラトニッククラブに相反する若さゆえの内から生じる自己の強い性衝動である。そう、多分あの日、彼は実社会のあらゆる抑制から解き放たれた自由奔放な性愛の夢をまどろんでいたのかも知れない。そのときふいに彼の前に里絵が現れたのだ。彼は名前を呼ばれて枕元に里絵の姿を認めた。里絵が挑発するかのように口を半開きにして笑っている。意識が半ば混濁している中で彼は思わず里絵を抱きしめてしまった。二十歳の激情が彼の体を貫いた。彼は里絵に激しく抵抗されて初めて自分の行為の重大さに気がついた。しかし、もう彼には後戻りすることは不可能だった。彼はずっと以前から、女として十分に成熟しつつある里絵に魅了されいつしか彼女と結ばれることを希求していたのかも知れない。だからあのとき彼は自己の全存在をかけて、必死になって里絵を獲得しようとしたのだ。

智行はここまで思いを巡らせて里絵の険しい眼差しを思い浮かべた。同時に、いつの間にか彼を許しつつある自分に戸惑いを覚えていた。

六

浅見先生の奥さんから電話があった後、智行は考え倦んだあげく、結局、彼を見舞うことにした。札幌から釧路までの列車の中で智行と里絵は殆ど言葉を交わさなかった。里絵は車窓の遠くを眺めたり、ときどき目を閉じたりしていた。車窓に激しく吹きつける雪は白い糸のように次から次へと列車の後方へ飛ばされていく。吹き荒ぶ風は列車に引き裂かれて唸り声をあげている。窓外はどこまでも延々と続く凍てついた冬景色だった。智行はそんな冬景色を目にしつつ、浅見先生は何故、自分に会いたがっているのだろうかと思った。むしろ里絵と結婚し疎遠になってしまった自分を避けるのが自然ではなかろうか。それに里絵の気持ちも不可解だった。どうして彼女は見舞いに同行する気になったのだろうか。智行は動画のように流れ続ける車窓の景色をぼんやりと眺めながらあれこれと思い巡らせていた。そのうちに眠気に襲われいつしか微睡んでいた。釧路の近くに来て智行は里絵に起こされた。雪は降っていなかった。路面に弱い日差しが注いでいる。冬でも殆ど積雪がない釧路の街は冬景色と言うより、むしろ黄昏れた秋のような様相を呈していた。

智行と里絵は駅からタクシーで病院へ向かった。病院は建物全体が古びて見えた。浅見先生の病室は三階だという。エレベーターで上がり、ナースステーションで浅見先生の病室がどこかと尋ねた。浅見先生の病室は個室だった。ドアは半分開いていた。廊下から病室の様子を窺うことができた。病室には女性が付き添っていた。その女性は栗色に染めた髪を後ろに束ねていた。今回の見舞いの日程については、智行が事前に浅見先生の奥さんに電話で知らせていた。

「関根と申します。奥さんでしょうか」

と智行はその女性に声を掛けた。するとその女性が振り返り智行と里絵を見て、

「あら、関根さん」

と言って病室の入り口まで歩んで来た。

「初めまして。私、浅見の家内です。この度は遠いところを本当に有り難うございます」

彼女は丁寧に頭を下げた。智行には白いセーターに黒いズボン姿の彼女は細身で何となく疲れて見えた。同時に、彼女がどことなく里絵に似ているような思いに囚われた。一通りの挨拶を交わしてから、智行は緊張し沈んだ気持ちで病室に足を踏み入れた。病室には意外にも明るい日の光が差し込んでいた。浅見先生は眠っているようだった。闘病生活のせいだろうか、彼は別人のように老け込んでいた。髪の毛は刈られていてまだ伸びきっていない。そして、髪の毛の生え際に沿って頭部を輪切りにされたような手術痕が痛々しく残っていた。智行は見る影もなくやつれた彼の姿から思わず視線を逸らしそうになった。奥さんが彼の枕元へ行って声を掛けた。

「あなた、智行君たちがお見舞いにいらしたのよ」

奥さんは彼の頭を優しく撫でた。智行は思わず彼女の顔をまじまじと見詰めてしまった。初対面の彼女が自分のことを「智行君」と言ったからだ。

「あら、ごめんなさい。浅見は関根さんのことをいつも『智行君』と言ってたものですから」

奥さんが慌てて弁解した。智行は彼女に軽く会釈を返した。

「浅見先生お久しぶりです。関根です。分かりますか、智行と里絵です。智行と里絵です」

智行は大声で呼びかけた。そのときだった。昏睡していたはずの彼が突然両手を蒲団の上に思いっ切り突き出し叫んだ。

「おおー」「ああー」「ぐうっー」

絶叫に近い三度もの叫びだった。そして、目を見開いて智行のほうに視線を向けて起きあがろうとした。全く信じられない突然の彼の行動に智行は息を呑んだ。

「あら、あなた、分かるの。智行さんたちが分かるの」

奥さんが興奮して大声で叫んだ。だが一瞬のうちに彼は目を閉じて静かになった。

「智行と里絵です。浅見先生、分かりますか」

奥さんに続いて智行も慌てて何度か彼に呼びかけた。しかし、彼はもう何の反応も示さなかった。

奥さんは顔を紅潮させていた。

「智行さんのことが分かったのだわ。もう意識をなくして一週間にもなり、こんなことはなかったのに」

奥さんの声は半ば上ずっていた。智行も予想外の事態に内心驚いていた。それにしても、たった今の彼の叫びは一体何であったのだろう。里絵に対する慚愧だろうか。智行に対する弁明だろうか。それとも里絵が智行と結婚したことに対する痛恨の叫びだろうか。まさか、智行と里絵に対する祝福のメッセージではないだろう。いつの間にか智行の思いは彼の全存在の有り様に及んでいた。仮に目の前に横たわっている彼が周囲の状況を認識していて、ただじっと目を閉じて、暗黒の闇の中でもがき苦しんでいるとするならば、それは何と恐ろしいことであろうか。智行は身動きできずにいる彼の有り様を様々に想像し急に息苦しさに襲われた。智行はその息苦しさから逃れるべく敢えて奥さんの言葉に異議を唱えた。

「いや、今の先生の叫びは偶然じゃないでしょうか」

「いいえ、きっと智行さんが分かったのよ」

奥さんは即座に智行の言葉を否定し、そして続けた。

「智行さんは浅見の自慢の教え子でしょう。浅見はいつも言ってたわ。誰よりも私の教えを理解し、私の思い描いていたように成長した生徒だって。そうなの。浅見が入院後は生徒さんの昔話が随分多くなって、そのとき必ず智行さんのことが話題になるの。だから智行さんのことをずっと待っていて、それで智行さんが分かったのよ。絶対そうよ」

智行は真顔で話す奥さんに反論しなかった。智行はもう一度浅見先生に呼びかけてみた。しかし、彼はベッドに横たわり目を閉じたままじっと動かなかった。彼はもうこちら側からは決して手の届きようもない孤独と孤高の領域に漂っているのだと智行は思った。そのとき、それまで智行の後ろに佇んでいた里絵が、急に何かに耐え切れなくなったかのように「うっ」と喉の奥から絞り出すような嗚咽を漏らして両手で顔を覆い隠した。

七

智行と里絵が見舞いに行ってから丁度一週間後の夜に浅見先生が亡くなった。奥さんが涙声で、

「主人がたった今、亡くなりました」

と電話で知らせてくれたのである。急に里絵は寡黙になった。智行も話すべき言葉を失っていた。沈黙が二人を包み込み時が流れた。陰鬱な空気は夜のベッドルームさえも覆い尽くしてしまった。智行が里絵との会話を諦めてベッドルームの明かりを消そうとした。その瞬間、里絵が「あなた」と言うなりいきなり智行に抱きついてきた。智行はふいを突かれて一瞬たじろいだ。里絵の視線が強く智行を射抜いた。今にも泣き出しそうな顔が智行の間近にあった。咄嗟のことで智行に逃げる術はなかった。智行は我に返って里絵を受け止めた。

「抱いて、私を抱いて」

　里絵は喘ぎ喘ぎ言った。里絵の中で何が弾けたというのか。智行は戸惑いながらも彼女を思い切り抱きしめた。彼女は声をあげて泣いていた。そして智行を圧倒する力でむしゃぶりついてきた。智行も負けていなかった。既に智行は雄そのものになっていた。長い間しゃにむに抑制してきた里絵への情欲が一挙に智行の体を貫きほとばしった。彼女が激しい分、智行も我を忘れて夢中になった。智行は彼女の中に荒々しく入っていった。そのとき、彼女が小さな悲鳴をあげた。彼女の顔は苦痛に歪んでいた。一瞬、智行が怯みかけたとき彼女は智行の上になり大声をあげながら彼を責め立ててきた。それは彼女が呪縛から解き放たれたような激しさだった。智行はたじたじとなりながらも彼女の求めに応え続けた。彼女は智行を幾度となく激しく責め立てた。智行も必死だった。彼女の深淵に交わるような交歓への希求に我を忘れた。しかし、どのように彼女の内部の奥深くに交歓を求めたとしても、それは彼女に占める自己の何と微小な存在であることか。智行は自分の体の全身が彼女と溶融して自己の存在そのものが彼女と一体となって燃焼したいと無我夢中になった。だから彼女の花芯を貫くのだと智行は猛々しく挑み続けた。「これが我が本能、性欲、愛そのものだ」と、体の奥底で叫びながら智行の脳裏が炸裂した。智行が戦意を喪失したとき、彼女はようやく智行から離れて横になった。

　たった今、通り過ぎた激しく嵐のような里絵の激情に、智行はまるで敵意を持て余した彼女から自分が陵辱を受けたかのような錯覚に陥っていた。彼女は全ての精力を使い果たしたのか、目を閉じて微かな寝息を立てている。口元は微かに笑みを浮かべているようにも思えた。智行の思惟を遥かに超えた彼女の激した行為は、止めどもなく彼女自身の内の深部から込み上げてくる彼女が長年苛まれてきたことに対する復讐だったのだろうか。そう思いながら智行はほんの少し微睡んだ。しかしその微睡みは直ぐに中断された。智行は里絵の嗚咽に目覚めたのである。驚いて起きあがり里絵の様子を窺った。里絵が智行に気づいて顔を両手で覆い必死で嗚咽を堪えようとしている。暫くしてようやく里絵は顔をあげ智行を見た。その目は濡れていた。

「ねえ、あなた、あの奥さん、私に似ていなくって」

思い詰めたような里絵の顔だった。

「実は私、浅見先生にプロポーズされたことがあるの」

初めて聞く話に智行は里絵を凝視した。

「私が高校を卒業した三月、彼が最初の奥さんと結婚する直前よ。彼、私を求めて突然、白川の家を訪れたの。そのとき父は、あのことがあったから凄く激高したの。私が父に呼ばれてその場に行ったとき、彼は父に打たれて倒れていたわ。彼は無抵抗だったの。勿論、私は彼を拒絶したわ」

智行は里絵の話を息を詰めて聞いていた。

「でも、浅見先生が亡くなったと聞いたとき、突然、奥さんの姿が目に浮かんできたの。そしてふいに、本当にふいに訳もなく、浅見先生はもしかして、ずっと私のことを求め続けていたのかも知れないって思ったの」

　里絵は言葉を途切らせながら言った。智行は里絵の話を聞きながら浅見先生があの奥さんの中に里絵を求めていたのだろうかと思った。智行を見詰めていた里絵が大きく吐息をついた。

「私は結局、無意識のうちに心のどこかで、浅見先生を許していたのかしら。それに私、たった今のひとときが、あなたとなのか、それとも浅見先生となのか、混乱してしまって。私にとって二人はあまりにも相似的なのよ」

　里絵は再び激しい嗚咽の衝動に襲われたのか、両手で膝を抱えて顔を伏せ嗚咽で肩を震わせた。智行は言葉を失っていた。暫くして里絵は顔をあげた。

「あなた、浅見先生の葬儀に出席しましょうよ」

　涙ぐんではいたが穏やかな里絵の目の色だった。

「そうしようか」

　智行はベッドから出てほんの少しだけ窓のカーテンを開けてみた。外は街灯の光に照らされて雪が舞っていた。晩秋には葉を落として裸木の林になってしまった緑地帯からは、丘陵地の裾野に点々と広がる住宅団地の遠い明かりが望める。里絵が智行にそっと寄り添ってきた。

「ふわふわと雪が舞っているわ。雪は純白ね。また、一面が銀の花のような、木花雪《きばなゆき》になるのかしら」

　智行は思わず「きばなゆき」と心の中で繰り返した。直ぐさまそれは里絵の造語であることに気がついた。智行は彼女の造語が気に入った。それは智行が少年の頃から探し求めていたものだった。明朝は久しぶりにきらきらと輝く樹氷、否、樹雪ではなくて木花雪になるのだろうか。そして、里絵がその朝の光を全身に浴びて、彼女の身も心もその何もかも全てが純白な木花雪に昇華することができるならば、里絵は緑野で無心に知床連峰の山並みに魅入っていた昔を取り戻せるに違いない。そう祈るように智行は思って里絵の長い栗色の髪にそっと触れた。

背理海峡

一

一九九〇年六月十日、ソ連の南クリル国境警備隊長から北海道漁業取締船北海丸の岩瀬《いわせ》船長に洋上会談の申し入れがあった。南クリルとはソ連が実効支配し、かつ日本が領土権を主張している北方領土のことである。ソ連国境警備隊所属の警備艇から北海丸に無線で連絡してきたのである。場所は北海道根室管内標津《しべつ》町の野付《のつけ》半島と北方領土国後島《くなしりとう》の中間に当たる根室《ねむろ》海峡の海上である。野付半島と国後島の間は僅か十六キロメートル程の距離しかない。洋上会談の日時は一九九〇年六月十四日午前十一時。四日後である。毎年、洋上会談は年に数回行っているが、いつもソ連国境警備隊側から要求してくるのだった。洋上会談申し入れの件は北海道庁で予め定められている連絡網に従って、直ぐさま岩瀬船長から北海道庁水産部ソ連漁業対策班の吉崎《よしざき》班長に伝達される。

「国境警備隊長さんは、また北海丸のご馳走が召し上がりたくなったのかな」

と笑いながら吉崎班長が言った。北海道庁水産部からは吉崎班長配下の杉浦通夫《すぎうらみちお》が洋上会談に参加することになった。

杉浦は四十八歳、夜間の定時制高校卒、短大卒レベルの北海道職員中級職採用試験に合格、北海道職員採用後は主として総務畑を担当、三年前に係長職の主査に昇進、この四月に現職である水産部のソ連漁業対策班主査として配属となったばかりである。

杉浦の事務分掌は「北方領土周辺海域の安全操業に関すること」である。北方領土とは北海道根室地域の沖合に位置する国後島、択捉島《えとろふとう》、歯舞諸島《はぼまいしょとう》、色丹島《しこたんとう》のいわゆるソ連が実効支配している四島などのことである。だが、杉浦には自分に与えられた業務をまだ十分にこなし切れないでいる。一口に北方領土周辺海域の安全操業と言っても、サケ・マスをはじめとする各種魚類に関するソ連と日本との漁業協定、水域毎の漁獲可能な魚種及び漁獲量、北方領土と北海道の海岸線との中間ライン、ソ連主張の領海及び二百海里水域の取り扱いなど、杉浦には結構難しくまだその内容を完全に習熟できていないのだ。それでソ連漁業対策班のトップである吉崎班長から事ある毎に指導を受けることになる。

「いつものように、洋上会談ではソ連側から漁業違反の取締強化を要請してくるだろう。基本的な応答はベテランの岩瀬船長に任せるとして、杉浦主査も事前に特攻船と一般漁船の違いぐらいは正確に理解しておく必要がある」

「特攻船」

「何だ、まだ調べていないのか」

吉崎班長は冷ややかな視線を杉浦に向けた。杉浦は思わず目を伏せた。吉崎班長は水産職のプロパーでエリートである。今はまだ課長職の班長に過ぎないが、それでも杉浦の主査職よりも二階級上位の職で、周囲から将来の水産部長候補の一人と言われている。だから杉浦は自分とは同年配の吉崎班長に劣等感を覚え、同時に吉崎班長の言動がいつも自信に満ちて見えるのだった。

「拿捕された漁船の中には違反操業を認識していない場合もある。つまりソ連側の不当な漁船拿捕だ。だが、特攻船は違うぞ」

吉崎班長の説明によると、特攻船は十年程前から出現し、北方領土の歯舞諸島に属する貝殻《かいがら》島《じま》のウニを密漁しているという。それが数年前からは漁場を四島の北方領土に囲まれた好漁場である沖合のいわゆる三角水域に移し、貝殻島のウニよりも高値のカニを密漁するようになったのだ。三角水域はソ連主張の二百海里経済水域である。その三角水域で操業できるのはソ連及び日本双方の漁業許可を有する漁船だけであり、それらの漁船もカニ類の漁獲は一切禁止されている。だから特攻船は日ソ双方の漁業許可も有していないばかりか、漁獲を禁止されているカニばかりを捕っているので、明々白々な密漁船だ、というのである。

「特攻船はその名のごとく、命懸けの密漁に挑み暴力団も絡んでいる」

と、吉崎班長が言ってにやりと笑った。

「吉崎班長、取り締まりはどうなっているのですか」

「これまで、海上保安庁が中心になって何度か検挙している。ヘリも出動した。勿論、地元の警察も動いたことがある」

「取り締まりには道庁の漁業取締船も連携していますか」

「北海道や水産庁の取締船は船足が遅くて全く役に立たない。それにソ連の警備艇もお手上げだ。何しろ特攻船は強化プラスチックの四十尺型船体に二百馬力の船外機四基を備え五十ノット以上のスピードが出る」

「五十ノットと言うと時速九十キロ以上も」

「それから杉浦主査、特攻船の件とは別に当方からソ連側に要請するトロール漁船の件は大丈夫かな」

「はい」

と反射的に杉浦は答えた。それはここ十年程前から根室海峡の羅臼沖に現れる五隻程のソ連トロール漁船のことだった。十月下旬から翌年の四月初旬にかけて、七百トンから四千トン級に及ぶ大型のトロール漁船が沖合のスケトウダラを底ざらいする。それも根こそぎである。羅臼の漁業は大半が刺し網で数トン級の漁船漁業であり、スケトウダラは羅臼の貴重な漁業資源となっている。それで地元の漁民たちがスケトウダラの資源枯渇を心配しているのである。羅臼と北方領土の国後島の間は最短距離で約二十五キロメートルしかない。それゆえ、羅臼と国後島の中間ラインを越えそうにして羅臼沖で操業する巨大なソ連のトロール漁船は羅臼漁民の直ぐ目の前に現れ、羅臼漁民の不安を極度に高めるのだった。それにソ連のトロール漁船が中間ラインを越えることもあるのだろう。羅臼の漁民の仕掛けがソ連のトロール漁船に引っ掛けられて、刺し網が根こそぎ流失するなどの漁具被害を受けることもあるのだ。このような羅臼漁民の状況を如何に伝えるべきかあれこれと悩みながらも、杉浦はソ連側に伝える口上をまだ煮詰め切れないでいたのだった。だから杉浦の返事は自信なげである。杉浦は刺すような吉崎班長の視線を感じていた。

「しっかり頼むよ。まあ、毎度のことながら、杉浦主査のように水産に門外漢の人材を貼り付けられると俺も苦労するよ」

　口元に薄ら笑いを浮かべて吉崎班長が言った。それは杉浦にとって侮蔑的な言葉だった。杉浦に屈辱感が込み上げてきた。しかし、彼はそれを胸の奥に閉じ込めた。杉浦は退職まで残り十数年しかない自分の先行きに投げやりな気持ちになっていた。これから自分は退職まで道庁の各部署を転々と回されることになるだろう。それほど昇進も望めない。だからエリートたちから見下されても黙って耐えるしかない、と彼は諦めていたのだ。杉浦は幼少時に樺太で敗戦を迎え北海道に引き揚げ極貧の日々を過ごしてきた。それでも何とか夜間の定時制高校だけは卒業することができた。そんな杉浦は仮に自分が裕福だったら勉学条件にも恵まれ、道庁のエリート職員になれたはずである、と密かに思っていたのだ。杉浦はそう思うことで自分自身を納得させていたのである。だが、そんな屈折した気持ちに気づく同僚は誰もいなかった。

「杉浦主査、それから洋上会談では警戒を怠るな」

「警戒」

「ソ連の警備艇に年間七十以上もの日本漁船が拿捕されている」

「違反操業が多いということですか」

「駄目だな、そんな認識では。杉浦主査、全部が違反操業とは断定できない」

「はあ」

「何よりも許せないのは、無防備な漁船に対して警備艇が発砲することだ。ほら、最近の発砲事件だ」

吉崎班長が机の上にあった一枚のペーパーを杉浦に差し出した。

〝最近のソ連国境警備隊警備艇による発砲事件〟のタイトルが目に入った。杉浦は受け取ると慌てて目を通した。そこには生々しい最近の発砲事件が列挙されていた。

・一九八七年六月二十五日、カレイ刺し網漁船九・九トン三人乗組が国後島ケラムイ岬南南西九・六キロ沖で、ソ連警備艇から信号弾十発を受け船長が首の肉を一部えぐられ一ヶ月の大怪我を負った。
・一九八九年五月十六日、特攻船二隻六人乗組が歯舞諸島の志発《しぼつ》・多楽《たらく》両島に挟まれた水域で、ソ連警備艇から逃走中に機関銃と小銃の発砲を受けた。

・一九八九年六月二十一日、根室市内のカレイ刺し網漁船三・八トン三人乗組が国後島南部のオリコノモイ岬沖で、逃走中にソ連警備艇二隻から信号弾約三十発を受け、一発が前部甲板に落ち一部を焼いた。
・一九八九年十二月十四日、根室市内のタラ刺し網はえなわ漁船十九トン八人乗組が歯舞諸島・秋勇留島《あきゆりとう》の南海上で、ソ連警備艇から逃走中に信号弾三十発余りを受け、一発がブリッジ上部に命中した。

吉崎班長から受け取ったペーパーを読み終えた杉浦は思わず溜息を漏らした。ソ連国境警備隊警備艇と言えば間違いなくソ連の軍隊組織の一翼を担っている。洋上会談の相手がソ連軍隊組織の一員であることに杉浦は一抹の不安を覚えたのである。


洋上会談が三日後に迫っていた。杉浦が昼食のパンをかじりながらデスクワークに取り組んでいたときである。水産部長室から戻ってきた吉崎班長が応接コーナーのメイン席にどかっと腰を下ろした。そして杉浦を手招きして呼びつけた。

「駐ソ大使から外務省に特攻船問題を憂慮する旨の公電が届いているということだ。今度こそ、本格的に特攻船を取り締まらなければならない。水産部長の指示だ」

「たった一本の公電で事態が動くのですか」

杉浦が怪訝そうに尋ねた。

「公電の有する意味が重要なのだ。来年の四月にソ連のゴルバチョフ大統領が来日する。それまでに日ソの信頼関係をより強固にする必要があるということだ。だからソ連が主張している領海侵犯などで、ソ連が苛立ちを募らせている特攻船問題を解消しておかなければならない。そのうえで、北方領土交渉に臨む必要がある、と言うのが外務省の意向なのだろう」

「領土問題絡みとは大事になりましたね」

「とにかく、現地の速やかな対応が要求されている。それで杉浦主査は洋上会談に行く途中、根室港で北海丸に乗船する前に根室支庁に立ち寄り、浜野《はまの》経済局長に今回の状況を説明してくれたまえ」

「経済局長に」

「彼は水産部出身で私と同期だから、事態は直ぐ呑み込めるはずだ」

道庁の出先機関である根室支庁の経済局長と言えば本庁の課長クラスと同等の職位である。浜野経済局長も吉崎班長と同じように将来の水産部長候補なのだろうか、と杉浦は思った。杉浦は浜野経済局長とは面識がない。

「前もって根室支庁の剣持《けんもち》取締係長にアポを取ったら良い。剣持君は北海道警察の出身で、取り締まりには様々なノウハウを持っているから頼りになる。ほら、これが水産部長からのメモだ。水産庁の意向が示されている。コピーを取ったら原本は俺に返してくれ」

と吉崎班長は杉浦に一枚の文書を手渡した。そこには次のように記されてあった。

・水産庁が外務省の要請により、近く特攻船対策に係る関係省庁協議を行う予定である。地元北海道としても、特攻船対策に関する有効でかつ強力な所要の措置を速やかに取られることを要請する。

文書に目を通し終えた杉浦は急に憂鬱な気分に陥った。洋上会談でさえ重荷に感じていたのに、特攻船対策のメッセンジャーの役割まで与えられたからである。北海道には北海道庁の出先機関として十四の地域毎に支庁が置かれている。それぞれが当該地域における北海道庁の行政事務の大部分を所管しているのだ。だから、根室地方の漁業問題は一義的に根室支庁が担当することになる。それゆえ、多分、根室支庁の浜野経済局長は特攻船問題に詳しいはずである。杉浦は徹底的に特攻船問題に関する資料の下調べをする必要があると思った。

二

杉浦は洋上会談の一日前の午前八時過ぎにＪＲの根室駅に着いた。前日、札幌から夜汽車に乗り、翌早朝に釧路駅で根室行きの列車に乗り継いでやっと根室駅に辿り着いたのである。根室市はソ連と国境を接する北海道最東端の街で、人口約三万三千人、鉄路の終着地である。杉浦は駅舎の窓から外を窺った。駅舎の前は閑散として寂しい。しかも、ここは北方の海を望む日本のどん詰まりの街だから、ことさらに寂寥感を覚えるのだろう。杉浦は駅舎の時計を見た。根室支庁は午前九時から業務が開始される。浜野経済局長に会うにはまだ時間に余裕があった。杉浦は駅舎で朝食を済ませた。夜汽車に乗る前に札幌のコンビニで仕入れた駅弁である。胃袋にただ食べ物を詰め込んだという味気ない朝食だった。九時近くになって杉浦は根室支庁に向かうことにした。駅舎から根室支庁までは徒歩で十分程である。外の広場に出ると何人かの観光客の姿が目に留まった。彼らはカニを店頭販売している駅前のカニ市場の店内を覗き込みたむろしている。杉浦も覗いてみた。店内には様々な海産物が雑然と並んでいる。何よりも大振りのタラバガニや花咲ガニが観光客の目を引いている。それも沢山のカニが店内に所狭しと並んでいる。そのうえ水槽には活ガニが数杯ゆったりと体を動かしているのが目につく。カニの値札を見てみた。流石に地元とあって札幌よりは相当安値に思えた。安値でしかも大量にカニが出回っていることは予想外のことだった。杉浦はこれらのカニの多くが特攻船の密漁ガニだろうと思った。

杉浦がカニ市場を出て根室支庁に着いたのは九時少し過ぎである。三階建ての古ぼけた継ぎ足しの建物である。職員は二百人程であろうか。その庁舎に「返せ北方領土！」の垂れ幕が掲げてある。北方領土は日本固有の領土である、と主張しているのである。杉浦はこのスローガンに違和感を覚えていた。日本は戦争に負けた。それで杉浦は樺太から引き揚げてきた。だが、今さら樺太に戻りたいとは思わない。日本は戦争に負けて一部の領土を失ったのである。戦いで負けて失ったものを返せと言っても戻るはずがないのだ。北海道だって元々は先住民であるアイヌから我々の先祖のシャモが力ずくで奪ったのだ。北方領土返還のスローガンを目にする度にそんな思いが過る。しかし、杉浦はそんな思いを口に出すことはない。「返せ北方領土！」の垂れ幕を横目にしながら庁舎に入った。

根室支庁経済部漁業課は庁舎一階にある。杉浦が躊躇いがちに漁業課のドアを開けた。取締係長の剣持が杉浦を待ち構えていたのだろう、杉浦を見るなり黙って片手を挙げて立ち上がった。大柄で筋肉質の剣持の顔は日焼けしていた。一瞬、精悍で逞しい初対面の剣持に杉浦は威圧感を覚えた。剣持は「課長は出張中だから」と言って、直ぐに二階の経済局長室に杉浦を案内した。経済局長室は個室で入り口には若い女性秘書がいた。彼女は臨時職員である。杉浦は彼女をちらっと見るなり、色白でなかなかの美形秘書だな、と思った。彼女は直ぐに杉浦を浜野局長に取り次いだ。経済局長室はゆったりとしたスペースである。デスクの前に十五、六人は座ることができる応接セットがある。浜野局長はその中央で新聞を広げていた。杉浦が局長室に入ると新聞から顔を上げて立ち上がった。浜野局長はあまり上背がない。それに出っ腹で小太りである。杉浦は浜野局長が多忙であると聞いていた。それで初対面の挨拶もそこそこに本題に入った。まず、水産部長メモを見ながら特攻船に対する国の中央省庁の動向を説明した。そして一言つけ加えた。

「近々、水産部長や吉崎班長が根室支庁に来て特攻船に対する取締強化を要請するということです」

言い終えた杉浦はそれとなく浜野局長の顔色を窺った。

すると、それまで目を閉じたまま黙って説明を聞いていた浜野局長が探るような視線を杉浦に向けた。

「取締強化ですか。これは至難の業ですな」

「そんなに難しいですか」

杉浦の言葉に浜野局長が急に険しい顔つきになった。

「杉浦主査もあっさり言ってくれるね。これまでの取り締まりでも特攻船はなくならなかった。何故だと思います」

杉浦は即座に返答ができなかった。

「特攻船全体の年間の水揚げは三十億から四十億円になる。これは根室市の年間予算の四分の一にも相当する金額になる」

「そんなに。特攻船が三十数隻として、一隻当たり一億円強ですか」

杉浦は信じられない思いで浜野局長に確かめた。杉浦の調べによると、根室では年収四百万円前後の漁家が大部分を占めているはずだった。だから特攻船の水揚げ金額があまりにも高額だったので驚いたのである。

「そう、今や特攻船は年間百億円産業だと言われている」

「特攻船が四十億円として、特攻船を除く他産業が六十億円。これは一体どういうことですか」

「杉浦主査、これは常識ですよ。カニ加工、販売店、船舶関連、ガソリンスタンド、観光、イベント、パート賃金など、その波及効果は予想外に大きい」

そう言って浜野局長はソファから立ち上がり窓際に近寄った。

「ほら、向こうを見たまえ。ここから国後島が見えるだろう」

杉浦は浜野局長が指差す窓外に視線を投じた。空は晴れている。海も青い。その青い水平線に島影が見える。それが国後島だった。杉浦は経済局長室から国後島が望めるとは全く思ってもみなかった。青い視界に浮かぶ国後島に意表を突かれていた。

「根室は北辺の行き止まり。疲弊していてね。この地域を如何に活性化するか。これが根室支庁経済局長としての私の使命です。毎日のようにここから国後島を眺め、納沙布《のさっぷ》から見える至近の貝殻島を思う。特攻船が国後島や貝殻島のカニを捕っても、国内には被害を受ける者は誰もいない」

「でも、特攻船は暴力団も絡んでいます」

「特攻船がカニを捕らなければ、ソ連のマフィアがカニを日本に密輸することになる」

杉浦の言葉を打ち消すように浜野局長が言った。

「密輸ですか」

「そう、ソ連のワルが偽の積み出し証明書を所持して日本に密輸入する」

「しかし、資源調査の結果からも特攻船がカニ資源を枯渇させる、とソ連が主張しています」

「それはどうかな」

と言って浜野局長がソファに戻って腰を下ろし、そして続けた。

「ソ連の調査による資源保護はいい加減だからね」

「どういうことですか」

「日本より格段に調査能力が劣っている。特に、尻尾がある回遊魚の資源調査は難しい。それなのに、ソ連はいい加減な資源総量を算出して単年度の可能漁獲量を決定する。杉浦主査は昨年の樺太マス事件を知ってるかな」

「いえ、私、不勉強なもので」

「昨年、ソ連では資源保護のためと称して、極端に樺太マスの漁獲を制限した。ところが樺太の海岸には樺太マスの大群が押し寄せ、その結果、マスの死骸が海岸に山積みになってしまった。結局、腐敗したマスの死骸をブルドーザーで廃棄処分する羽目になった。有名な出来事だ」

「そうですか。でも、いずれにしても、ソ連では特攻船の領海侵犯が二年間で九千回以上にも及んでいるとヒステリックになっています。それで今回は間近に迫っている北方領土交渉に影響があると」

杉浦は遠慮がちに言った。

「そういう風に外務省が言っていますか。でも、本当に中央は真剣なの。事態を変えることができるのかな。この根室の地元では定期的に海保、警察、保健所、根室市、根室支庁のトップが地域の重要課題について協議をしている。しかし、ここ暫くは特攻船の取り締まりが議題になったことはない。まあ、杉浦主査の話の趣旨は分かりました」

と言いながら浜野局長がソファから腰を上げた。

「剣持君、私は間もなく青年会議所のメンバーとの打ち合わせがある。後は頼むよ」

それまで黙って二人の遣り取りを聞いていた剣持は勢いよく立ち上がって浜野局長に黙礼した。杉浦も慌てて立ち上がった。

「それでは、浜野局長、宜しくお願い申し上げます」

と杉浦は深々と頭を下げた。


剣持は二階の経済局長室から一階の漁業課に戻るなり杉浦を見て意味ありげに含み笑いを漏らした。

「水産に来て早々、杉浦主査も大変ですな」

「ええ、まあ」

「俺らはエリートと違って苦労が多いですわな」

剣持も杉浦と同じ四十代後半でまだ係長職である。だが、杉浦は一般事務職で何の特技もないが、剣持は漁業取り締まりのプロパーとしてその敏腕振りが認められている。だから杉浦がこれからも定年まで様々な職場を転々とするのに対して、剣持はこれまで通り今後もずっと水産部で活躍するはずである。そんなお互いの立場を意識して剣持が口を開いた。

「杉浦主査も、二年間ぐらいは現職で活躍願うのでしょうな」

「はあ、剣持係長、宜しくご指導願います。何せ私には分からないことばかりで」

杉浦は実感を込めて言った。

「洋上会談には根室港を夜に出航ですな。時間は十分ありますね。特攻船の現地視察でもどうです」

「えっ、そんなことができますか」

「これは俺のサービスかな。高校の同級生が特攻船に乗っていてね」

剣持の目が細く笑っている。一見、無愛想に見える剣持は案外お人好しなのかも知れない、と杉浦は思った。剣持の行動は素早かった。早速、特攻船の関係筋に電話をかけている。

「杉浦主査、それでは出かけますか」

剣持が受話器を置くなり言った。行き先は納沙布岬のオホーツク海側にある温根元《おんねもと》漁港近くの海岸である。今から小一時間もしないうちに密漁のカニを積んだ特攻船がその海岸に到着するというのだ。

「まだ時間があるから、太平洋回りで途中納沙布岬に寄ってみますか」

さりげない言葉だった。根室が不案内な杉浦のために、剣持はわざわざ太平洋回りで納沙布岬を経由して温根元まで案内するというのだ。そして、オホーツク・根室海峡回りで根室に戻れば根室半島を一周することになるからだ。剣持の配慮に杉浦の気持ちが浮き立った。

三

杉浦は剣持の運転する白いライトバンに乗り込んだ。六月のまだ肌寒い日であったが晴天である。風もあまりない。剣持は車を走らせながら杉浦に最近の特攻船の状況を説明した。

特攻船は三十グループの三十六隻である。そのうち、暴力団系が十グループで、残りは正規の漁協組合員やその子弟を含む一般漁民のいわゆる不良漁民の類が占めている。特攻船の一味には陸回りがいて、警察や海保の取り締まりの動きを陸から見張り、トランシーバーを使って沖にいる特攻船にその様子を知らせる。根室半島に行く道は太平洋に沿って友知《ともしり》、歯舞、珸瑶《ごよう》瑁《まい》を経て納沙布岬に至る表半島線と、オホーツク・根室海峡線に沿ってノッカマップ岬、温根元を経て納沙布岬に至る裏半島線の二つのルートがある。それぞれ約二十四キロメートル、一周すると四十八キロメートル程の道程である。根室半島の横幅は六キロメートルから広いところでも九キロメートル足らずで、その表と裏の半島線の入り口と納沙布岬には陸回りが配属されているという。

車が出発してから十分足らずで根室市内を出て左手にタンネ沼とオンネ沼、右手に太平洋が望める友知湾に差し掛かった。そのときだった。

「今日は陸回りの姿は見えなかったな」

と剣持が呟いた。陸回りの連中は海保と警察の車輌はマイカーも含めて車種、プレートナンバーは全て掌握し取り締まりを警戒している。そのうえ海岸線には港以外にも特攻船の水揚げが可能な場所が随所にあるので、密漁現場を押さえるのは難しいという。

「だけど暴力団絡みだから、そこを何とかしなくては」

剣持の話に杉浦が口を挟んだ。

「難しいのは特攻船による被害者は誰もいないことだ。根室は水産の街。特攻船は不景気な根室を潤している。市民にも容認の空気が強い。それゆえ一時は海保がヘリコプターまで動員して取り締まっても、直ぐに特攻船は息を吹き返す」

「警察が徹底的に陸回りをチェックすれば」

「警察は動きが鈍い。多分、中央からの指令がないからだろう。警察ではね、このような事案は取り締まりを強化してもあまり実績にならない。まあ、国のほうも特攻船を野放しにして、ソ連の気を揉ませてるんじゃないの」

「まさか」

「国が本気になれば、密漁幇助の理由をつけて船外機メーカー側に特攻船の高速船外機の販売を規制するなど、実質的な取り締まりはいくらでもできる」

「剣持係長のほうで取り締まればいいのに」

「海保や警察に任せている。俺にできるはずがない。それにやる気もない。だから特攻船も安心して俺に情報を提供するというわけ」

剣持は何のためらいも見せず言い切った。車は歯舞、珸瑤瑁を過ぎて納沙布岬に差し掛かった。

「ほら、あれが貝殻島だ」

剣持が車を止めてハンドルから片手を離して前方を指差した。

「貝殻島がこんな近くに」

貝殻島は杉浦の直ぐ目の前にあった。北海道最東端の納沙布岬の東方僅か三・七キロメートルの沖に浮かぶ貝殻島の灯台も見える。青い海に白い波頭が遠く近く次々と波間に現れては消えていく。その波間に数十隻の小型船団が豆粒のように漂っている。

「あの船団は」

杉浦が剣持に尋ねた。

「あれが貝殻のコンブ漁だ。毎年、ソ連と協定を結び高額の入漁料を支払ってコンブを採っている」

コンブを採らない日も、歯舞や珸瑤瑁そして温根元の漁民たちは毎日この貝殻島を目にしている。終戦を境にして貝殻島はソ連の実効支配下にある。だが、貝殻島は今も自分たちの島だと主張する漁民の強い思いは自然の成り行きなのだと、貝殻島付近のコンブ漁船を眺めながら剣持が淡々と杉浦に説明する。杉浦にもそんな漁師たちの心情が分かるような気がした。それから少しの間、二人は車を降りてその場に佇んでいた。

「今日は納沙布にも陸回りの姿が見えないな」

剣持が独り言のように言って車に乗り込んだ。杉浦も剣持に続いた。


納沙布岬から数分で温根元漁港に着いた。その温根元漁港を過ぎて間もなくだった。

「あれだ」

剣持が叫んで車を止めた。道路右手の海岸に小型トラックが見えた。その傍には数人の男たちが何やらこまめに動き回っている。剣持が片手を挙げて彼らに近づいて行った。特攻船の連中だった。既に彼らは密漁のカニが掛かったままの刺し網を特攻船から小型トラックに積み替えている最中だった。小型トラックはありふれたグレーだった。

「遅かったな」

真っ黒く日焼けした視線の鋭い男が剣持に言った。彼の剥き出しの太い二の腕が杉浦の目に留まった。

「そちらさんが早かったんじゃない」

「まあな、ソ連警備艇が水飛沫を上げて向かってきたんで、漁の中途で逃げ帰ってきたというわけ」

その男は事もなげに言って笑っている。杉浦は特攻船を見るのは初めてだった。海岸の浅瀬に引き揚げられた特攻船はプラスチック製で四十尺型である。船外機四基、魚群探知機、電波航行システム「ロランC」受信機、陸回りや仲間と連絡を取る周波数別の無線機三台など、装備は締めて千五百万円台だと剣持が現物を逐一指し示しながら杉浦に説明した。一回の出漁に積み込むハイオクガソリンは十万円で、特攻船が利用している歯舞のガソリンスタンドのハイオクの売上げは日本一だという。ときどき波と風の音で剣持の声が掻き消されそうになる。今日は太平洋側よりもオホーツク・根室海峡側のほうが風が強いのだ。剣持の話は声高になり熱がこもる。杉浦は説明を感心しながら聞いていた。

「それじゃ、やばいから俺は港に戻る」

と、作業を終えた先ほどの男が言って、直ぐさま三人の男たちとトラックの運転手が浅瀬の特攻船を海中に押し戻した。素早く三人の乗組員たちが特攻船に乗り込んだ。特攻船は轟音を立てて猛スピードで杉浦の視界から遠ざかっていった。それはあっという間の一瞬の出来事である。青い海に特攻船のスクリューが巻き上げた白い水飛沫が杉浦の残像となった。特攻船が見えなくなった後は青い海と空、そして強い風と波の音だけが残った。何事もなかったかのような温根元の海岸である。そのとき突然、ブルルンとエンジンの音がした。小型トラックが発車しようとしていた。

「それではトラックをつけるぞ」

「つけるって」

「トラックを追いかけるってこと。カニの行き先」

剣持は車に乗るよう杉浦に目配せした。小型トラックは根室市内に向かって走った。

「結局、陸回りはいなかったね。後学のためにお目にかかりたかったたな」

車のハンドルを握っている剣持に杉浦が言った。

「半島の入り口と納沙布岬には確かにいなかった。でも、先刻の特攻船ではトラックの運ちゃんが陸回りも兼ねていたのさ」

剣持はいともあっさりとした口調だった。杉浦は意表を突かれてまじまじと剣持の顔を見た。

車が三十分程走って根室市内の近郊に来たとき、小型トラックは酪農家の倉庫の前で止まった。それは赤い屋根の倉庫兼車庫だった。トラクターやトラックなど酪農家の大型機械類を収納している大きな倉庫である。すると無人のはずの車庫のシャッターがガラガラと音を立てて開いた。小型トラックが倉庫の中に入った。杉浦が倉庫の中を窺うと意外にも五、六人の女工風の女たちがいた。直ぐに倉庫のシャッターが閉まった。杉浦は周囲をきょろきょろと見渡した。そこは酪農地帯だった。遠くに牛舎の赤や青の幾つかの屋根が陽光に映えていた。周囲に気を取られている杉浦に剣持が言った。

「彼女たちはパートで、時給は相場の二倍」

「二倍も」

杉浦は思わず聞き返した。

「闇商売だから。倉庫の中で網外しが終わるとカニは仲買業者に流れ、網は特攻船へ戻る」

「そうなの。そしてカニは小売店や料亭へ、というわけ」

杉浦は感心したように剣持に言った。

「そういうこと。杉浦主査、それでは歯舞に戻るか」

「歯舞」

「温根元で会った俺の同級生」

「ああ、あの特攻船の乗組員」

「浜岡《はまおか》だよ。会いたくはないか。彼に興味は」

「話を聞きたい」

まだ午前中である。北海道漁業取締船北海丸への乗船は夜だから時間はたっぷりあった。杉浦は剣持の提案に飛びついた。

歯舞は人口二千八百人程の漁港の街である。根室市街と納沙布岬のほぼ中間に位置している。海岸に沿った細長い街並みである。古びた木造の建物が目についた。浜岡の住居は街外れにあった。古い二階建ての木造アパートである。錆で赤くなった鉄製の外階段を上がり二階通路を中ほどまで進むと玄関ドアに「浜岡」の表札が掛かっていた。剣持がブザーを押すと応答のないままドアが開いた。温根元で特攻船に乗って海岸から姿を消した浜岡は、剣持たちよりも早くアパートに戻っていた。部屋には浜岡一人しかいなかった。室内は狭くソファや食器棚も古びていた。それでも部屋は小綺麗に片付けられていて質素な佇まいである。

「妻はパート。娘はまだ学校」

と浜岡は剣持に話しながら、警戒するような視線を杉浦に向けた。

「彼は本庁水産部の杉浦主査。明日、ソ連国境警備隊長と洋上会談を予定している」

剣持が浜岡に言った。

「ソ連警備艇の連中と会うのか」

「洋上会談に臨むには特攻船に関する理解が不可欠。それで杉浦主査の現地視察というわけ。それに重大情報もある」

「重大情報」

剣持の言葉に浜岡が大声を発した。

「特攻船の命運に関わる問題」

「何だよ、それ」

浜岡が険しい目つきで剣持と杉浦を見た。瞬間、杉浦は浜岡に情報を漏らすことに抵抗を覚えた。

「剣持さん、情報は秘扱いだよ。困るな」

「杉浦主査、何のためにここに来たの。覚悟を決めなよ。お互いに一個の人間だ。本音でぶつかりな」

剣持の言葉に杉浦は覚悟を決めて特攻船を取り巻く最近の状況を浜岡に説明した。杉浦を凝視する浜岡の目は真剣そのものである。

「それは困ったな」

杉浦の説明が終わると浜岡がぽつりと呟いた。そして話し始めた。

日本の敗戦で国後島をソ連に奪われたため、家業が漁業だった浜岡一家は国後島から根室に引き揚げ、高校卒業後に浜岡は北洋漁船の乗組員になった。だが十数年前、北洋減船で浜岡はその乗組員の職も失ってしまった。ソ連が二百海里経済水域を設定し北洋の漁場から日本漁船を締め出したためである。その頃、職を失った大勢の北洋漁船の乗組員たちが根室の街に溢れていた。転職しようにも彼らに適した働き場所は船上のみだったからである。そんなとき、まだ三十代だった浜岡は特攻船の乗組員に勧誘された。ソ連警備艇と日本の取締当局の追及を逃れて密漁をする特攻船に乗り込むには、的確な判断力と巧みな操船能力が要求される。彼は迷いに迷って、結局特攻船に乗り込んだ。そして、必死になって腕と根性で自分自身と家族の生活を守ってきたのである。特攻船が密漁漁場をウニの貝殻島からカニの三角水域に移した数年前から、特攻船の乗組員である彼の収入は月約百万円にもなるという。しかし、特攻船の生活がいつまでも続けられるとは思ってはいなかった。生活もできるだけ質素にして蓄えに努めているが、今、直ちに特攻船に乗れなくなると将来の生活の目処がつかなくなると浜岡は言うのだ。浜岡が話し終えるなり剣持が彼に同情するように口を開いた。

「本当に困るよな」

その剣持の言葉に杉浦が反発した。

「特攻船の密漁は犯罪ですよ。身を引く良い機会じゃないですか」

「何が犯罪だよ」

突然、浜岡が強い口調で杉浦に反発した。しかし、杉浦は怯まなかった。

「特攻船には漁業許可がない。カニは禁漁になっている。密漁は疑う余地もない」

「そうは言うが、国は誰にも北方領土海域のカニ漁を許可できないじゃないか。俺たちが他人のものを掻っ払っているわけではない。このままではカニ資源が無駄になってしまう。俺たちは誰も捕ることのできないカニを命懸けで捕って市場に出している。市民も特攻船を非難しない」

浜岡は矢継ぎ早に捲し立てた。その剣幕に押されて杉浦は口をつぐんだ。

「杉浦主査、遠慮せず本音を吐いたほうが良い。特攻船にも三分の道理。屁理屈に負けちゃいけない」

剣持が杉浦に助け船を出した。杉浦は本音で浜岡に体当たりすることにした。

「ソ連が特攻船の領海侵犯や漁業違反を指摘している。ソ連に攻撃材料を与えることは日本の国益に重大な支障を来すことになる」

「日本政府が北方領土は日本固有の領土であると主張しているんだ。北方領土はソ連領でないから、ソ連が指摘する領海侵犯も漁業違反も全く正当性がない。それなのにソ連は一般のカニかごや刺し網漁船などにも銃撃や拿捕を繰り返している。中には無違反の漁船も拿捕されているが、全て有罪にして船舶没収や罰金を取る。加えて北方領土の海域で銃を発砲するソ連国境警備艇から日本漁船を守らなければならない日本国の警備艇が一隻もいないのは何故だ。海保では頼りにならない」

「それは現実にソ連が北方領土を実効支配しているからですよ。日本は敗戦国。ソ連の主張にも一理ある。歴史は戦いによって世界地図の国境が塗り替えられてきた。現実は受け入れざるを得ない」

「それは随分と乱暴な意見だな。俺は国後島出身者だ。だから怒りを込めて告発する。ソ連軍が北方領土を侵略し占領したのは終戦になった後だ。日本が降伏し戦争が終わった後で、ソ連兵が島に上陸してきて俺たちを島から追い出した。ソ連の振る舞いは火事場泥棒そのものだ。あまりにも理不尽じゃないか」

「終戦後に、ソ連軍が」

思わず杉浦が聞き返した。それは初めて聞く話だった。

「何だ、杉浦主査は知らなかったの」

剣持が杉浦をまじまじと見詰め、そして続けた。

「一九四五年八月十四日、日本がポツダム宣言を受諾して終戦。同年九月二日、日本が無条件降伏文書に調印。その間、同年八月二十八日から九月五日にかけてソ連軍が北方領土を不当に占拠。そして、現在に至る」

「そんな話、信じ難いことだな」

杉浦は剣持と浜岡の顔を交互に見ながら言った。一瞬、杉浦は剣持の話が一種のデマゴギーではなかろうかと疑ったのだ。

「これは歴史的事実だ。それとも、杉浦主査はソ連のシンパ」

「まさか、ソ連のシンパなんかじゃない。でも、反ソでもない」

杉浦は半ば狼狽えながら答えた。

「こんな議論は無意味だな。何にせよ俺はソ連のせいで島を追い出され、北洋漁船からも締め出された。結局、特攻船でカニを捕り家族を守らざるを得なかった。だが、今となっては、それは俺の生活のためだけではない。あまりにも理不尽なソ連と無能な日本国家に対する命懸けの俺の抵抗と抗議でもある」

浜岡は興奮し目つきがぎらついていた。剣持は浜岡に同意するかのように頷いた。杉浦は返す言葉を失っていた。

四

洋上会談前日の午後九時、北海道漁業取締船北海丸は根室港を出港した。北海丸は二五〇トン、最大速度十六ノット、乗組員は船長、副船長、機関士、通信士をはじめとする総勢二十三人である。北海丸が外海に出ると港の灯が細くなって船上から見る海は暗かった。時化ているのだろうか。船体が大きくローリングして甲板が揺れている。強風のせいなのだろう、と杉浦は思った。思い起こせば杉浦が船に乗るのは樺太から北海道に引き揚げてきて以来である。それは四十年以上も前のことである。その船は引揚げ船で船名は確か「ハクリュウマル」だった。幼少だったので記憶は定かでないが、大勢の大人や子供が船酔いで船底に背を丸め膝を抱えるように体を横たえていた。船体がローリングする度に船酔いの苦痛を必死になって堪えている人々の姿が目に浮かぶ。幼かった杉浦も苦痛に苛まれた悲惨な光景だった。

そんな昔を思い返しながら杉浦は北海丸の甲板から海面を見詰めていた。不意に杉浦に悪酔いしそうな予感が走った。甲板に吹きつける海風は身を切るように冷たい。杉浦は慌てて船内の階段を足早に下りて船底にある独り用の狭いベッドに潜り込んだ。そして枕元の鞄に手を伸ばした。酔い止めの薬を忘れてきたので、ウイスキーの小瓶を取り出しそのまま口をつけてストレートで飲んでみた。突如、胃袋が熱くなってたちまち酔いが回ってくるのが分かった。その酔いを確かめながら何度かウイスキーを口に含んで杉浦はベッドに横たわった。ベッドと言っても半身を起こせば上部に頭がつかえそうな穴蔵のような空間だった。子供の頃、二段に仕切られた押入れの蒲団に潜り込んで遊んだことを思い浮かべた。その途端、子供の頃の切れ切れの想念が過った。すると思いがけずも幼少期にすり込まれたソ連軍への恐怖心が蘇った。

それは杉浦が三歳のときだった。終戦後、樺太の大泊《おおどまり》の街は銃器を抱えた大勢のソ連兵に支配されていた。小柄な日本人から見ると巨人のようなソ連兵による婦女暴行などの不穏な噂が街中を駆けめぐっていた。ある日の夕暮れ、幼少の杉浦を連れた彼の母が親類の家からの帰り道に、一人のソ連兵に捕まりかけたのだ。そこは大泊の街外れで人通りもない鉄道の踏切だった。母は咄嗟に幼い杉浦の手をつかみソ連兵の元から夢中になって駆け出し逃げたのだった。二人を制止しようとするソ連兵の怒声が恐怖となって背後に迫った。何発かの銃弾が耳元を掠めた。この幼少時の杉浦の恐怖体験は幾度となく母から聞かされた話である。だが、それはいつしか杉浦の体の芯に染みついた実体験そのものとして、ソ連自体に対して恐怖心や嫌悪感を抱くようになったのである。幼少時に樺太を引き揚げてから杉浦はソ連人に出会ったことはない。それが明日の洋上会談でソ連人と対峙することになるのだ。彼らはどのような風貌であろうか。杉浦の止めどない想念が不意に途切れた。突如、船体が大きくローリングしたのだ。そして途轍もなく深い船体の下降である。横になっていた杉浦の体が深海の奥深くに沈み込みそうな錯覚を覚えた。一瞬、杉浦の思考が中断した。直ぐに船体は小刻みなローリングになった。すると何故か杉浦は昼間に浜岡や剣持が主張したソ連による北方領土不法占拠説を思い出した。それは苦々しい澱となって杉浦の内に沈殿していった。船体はまだ小さなローリングを繰り返している。杉浦はそのローリングに全身を委ねて横たわっていた。ウイスキーの酔いも回りいつしか杉浦は深い眠りに落ちていた。

翌朝、杉浦は午前六時に起床した。朝食を知らせる船内の放送で目覚めたのである。身支度をして顔を洗い食堂に行くと殆どの乗組員はもう朝食を済ませていた。昨夜、杉浦は出航間際に乗船したので岩瀬船長と顔を合わせただけである。だから他の乗組員とは初対面だった。それなのに乗組員たちは杉浦を見ても全く気にする風でもなく、杉浦が「おはようございます」と挨拶をしてもただ黙礼を返してくるだけであった。

一九九〇年六月十四日午前十時、前夜の午後九時に根室港を出港した北海道漁業取締船北海丸は野付半島と国後島の中間ラインに到着した。途中、漁業取締のため各要所を巡視したらしい。洋上会談開始予定の午前十一時になった。それなのにソ連の国境警備艇の姿はどこにも見えなかった。結局、ソ連国境警備艇は三十分遅れの丁度十一時半に洋上に姿を現した。

「まあ、約束の時間に遅れるのはいつものことだ。今回はこれでも早いほうだ」

そう言いながら岩瀬船長がソ連国境警備隊長を出迎えに甲板に通じる階段を上がっていった。ほどなくして、船長は長身で骨格の逞しいソ連国境警備隊長と細身で体格が日本人とさして変わらない副官兼通訳を伴って食堂に戻ってきた。思いがけなく二人とも軍服を着ていたので杉浦に緊張が走った。国境警備隊長は精悍な面構えで目が灰色で鋭い。四十代半ばであろうか。それに反して副官兼通訳は神経質で線が細い感じである。岩瀬船長に促されて二人は食堂のカウンターの中に入り杉浦たちと対面する形となった。岩瀬船長はソ連側のメンバーの隣に席を取った。まず、双方が簡単な自己紹介をした。それから直ぐに乾杯のセレモニーである。岩瀬船長が音頭を取るため立ち上がった。誰もが当然のことのように小振りのシャンパングラスにレモン色のウオッカを注いだ。

「洋上会談の成功を祈って、乾杯！」

岩瀬船長が一気にウオッカを飲み干した。続いて皆それぞれに「乾杯」と叫びながら同じくウオッカを飲み干す。ウオッカはシャーベット状のとろりとした飲み口である。杉浦がその意外な飲み口に驚いてシャンパングラスから口を離しふと目をあげると、副官兼通訳と視線が合った。

「すみません。私、今、胃を痛めているものですから」

副官兼通訳の流暢な日本語である。杉浦は彼がビールで乾杯したことに気がついた。彼の青い目が照れたように笑っている。

船内の食卓は細長い対面式のカウンターである。それに沿って一度に十数名は食事を取ることができる。カウンターには魚介類の刺身、ハムや鶏卵そしてポテトなどを取り混ぜたサラダ、枝豆、白身魚のフライ、鶏肉の唐揚げ、コロッケなどの揚げ物、湯豆腐などがぎっしりと豪華に並べられている。メインディッシュは上質な牛肉のステーキである。飲み物は日本銘柄のビール、ジュース類の他に鮮やかなレモン色のウオッカが満たされた数個のガラスの器がテーブルの中央にセットされている。そのウオッカにはレモンジュースをたっぷりと混ぜてシャーベット状に凍らせたのだという。コック長自慢のオリジナルドリンクである。杉浦は乾杯のときに初めて味わったそのウオッカを再び口にそっと含んでみた。ウオッカ自体のアルコール度は五十度以上である。それなのにレモン色のそのウオッカは爽やかに冷たくとろりと甘いのだ。シャーベット状に冷やされたウオッカは直ぐには酔いが回ってこない。ソ連国境警備隊長が鶏の唐揚げを頬張り、ウオッカを自分でグラスに注いで立て続けに三杯飲み干した。そして急に立ち上がり口上を述べ始めた。ロシア語である。慌てたように副官兼通訳も立ち上がった。彼が話し終えると直ぐに副官兼通訳が日本語に通訳して杉浦たちに伝える。

「早速、本題に入る。日本側漁船の違反操業が多発している。特に、船外機を装備した足の速い多数の小型船の違反操業が目に余る。また、ソ連の国境侵犯は我々にとって重大である。彼らは逃げ足が速い。水際作戦を含めて日本側の取締強化を要求する」

すかさず岩瀬船長が立ち上がって応えた。

「貴殿の要求を日本側の関係機関に速やかに伝達する」

岩瀬船長の口上が通訳されると同時に、ソ連国境警備隊長が口を開いた。

「当方即ちソ連国境警備隊側からの要求は以上である。岩瀬船長の尽力に期待する」

洋上会談におけるソ連側からの要求は形式的で淡白だった。ソ連側から日本漁船の違反操業と国境侵犯に対する追及はこれだけで終わった。後は当たり障りのない雑談の中で食事が進んでいった。いつの間にか杉浦は心地好く酔っていた。口当たりの良いウオッカについ気を許してしまったのだ。酔いで杉浦のソ連側に対する警戒心が緩んでいた。杉浦はつい岩瀬船長に無断でソ連のトロール漁船に言及してしまった。

「ソ連の巨大なトロール漁船は羅臼沿岸の資源を枯渇させる恐れがある。ソ連のトロール漁船による羅臼の沿岸漁民の漁具被害も生じている。このことについて善処されたい」

杉浦の口上を副官兼通訳がロシア語に通訳した。

「トロール漁船は極東の漁業公団に所属している。国境警備隊の管轄外である」

間髪を入れずソ連国境警備隊長がロシア語で答えた。

「しかしながら、ソ連のトロール漁船が羅臼の沿岸漁民の漁業経営に脅威を与えている。このことをどう思うか」

「ソ連のサハリンの沿岸には漁民がいない。従って、漁民の漁業経営については分かりかねる」

ソ連国境警備隊長は憮然とした表情で答えていた。

「漁民がいない」

ソ連国境警備隊長の予想外の返答に杉浦は思わず聞き返した。すると、副官兼通訳が杉浦に向かって言った。

「終戦後、日本人がサハリンから引き揚げた。その後にスターリンがサハリンの沿岸漁業を廃止した。そして当時の沿岸域の住民を大型水産加工船団員に組織した。貴殿はソ連の水産状況を知らないのか」

副官兼通訳の目許が笑っていた。

「杉浦主査は本任務に就いたばかりである。新人なのでご理解願いたい」

慌てたように岩瀬船長が副官兼通訳に言った。そして、杉浦に向かって続けた。

「いわゆる、スターリンによる沿岸漁民の強制連行だよ。だからサハリンには小型漁船漁業はない。基本的に漁民はいない」

「小型漁船漁業を経営する漁民がいないのですか」

杉浦の呟きに通訳が頷いて答えた。

「そう、経営者としての漁民はいない。トロール漁船の乗組員しかいない。つまり彼らは水産加工船団の労働者である」

杉浦はソ連の水産加工船団に強い興味を持った。日本ではスケトウダラは蒲鉾の原料となっている。ソ連のトロール漁船内でも蒲鉾を作っているのだろうか、と思って杉浦が尋ねた。

「トロール漁船に蒲鉾製造設備があるのか」

「蒲鉾ではなく、缶詰を製造している」

杉浦にとってまたまた意外な副官兼通訳の回答である。

「私はスケトウダラの缶詰を食べたことがない。それは美味しいのか」

副官兼通訳は杉浦を見てにやりと笑って答えた。

「缶詰は不味い。カニやサケの缶詰は高価でも直ぐに売り切れてなくなるが、スケトウダラの缶詰はいつも国営食料店の棚の上に山積みされている」

「国営食料店って」

杉浦が初めて耳にする言葉だった。

「ソ連の国営食料店は日本の食料小売店かな」

杉浦の質問に岩瀬船長が副官兼通訳に代わって答えた。そして笑いながら続けた。

「スケトウダラの缶詰も売れ残っているが、マスの頭も人気がないね」

「マスの頭」

怪訝そうに杉浦が呟いた。

「ソ連では重量で魚を売っている。マスを胴体から半分に切断して店頭に並べておくと、頭部のほうは食べるところが少ないので売れ残る」

岩瀬船長が言葉を切るや否や副官兼通訳が苦笑いを浮かべながら口を挟んだ。

「そのこと、私は否定しません」

話が脱線しかけたので杉浦が本題に戻した。

「ところで、トロール漁船団の乗組員は高齢者が多いのではないか」

「何故、そのように尋ねるのか」

副官兼通訳が訝しげに杉浦に尋ねた。

「乗組員が過去の沿岸漁民だと聞いた。当時から相当の年月が経っている」

「乗組員は入れ替わっている」

「若い乗組員が多いということか」

「そのとおり。トロール漁船は老朽化しているが乗組員は皆若い。そして我が国境警備隊の兵士たちはさらに若い力が結集している」

杉浦と副官兼通訳の遣り取りを注視していた岩瀬船長が口を開いた。

「杉浦主査、トロール漁船の話はここまでですな」

岩瀬船長が杉浦にめくばせをしている。あまり深入りするなということなのだろう。そう思って杉浦は岩瀬船長に頷いた。

船内のパーティは雑談になった。それから二時間程経って、二次会という名目のパーティに切り替わった。二次会は中華料理がメインである。さらにそれから一時間後には小休止を挟み三次会と称して焼き肉パーティを開くことになった。その小休止の間だった。岩瀬船長が杉浦の傍に寄って来た。そして杉浦に、トロール漁船団の乗組員や国境警備隊員に若者が集まってくるソ連の事情を解説した。

彼らはソ連のエリートではない。貧困層の出身者が多いという。ソ連ではモスクワが中心でウラル山脈を越えると辺境の地となる。その辺境の地である極東でのトロール漁船の乗組員や国境警備隊員の俸給は一般的に都市部の数倍である。モスクワ近郊での生活から締め出された若者たちが、生活のために高額の俸給を当てにして集まってくるのだという。

杉浦は初めて知った信じられないソ連の現状に戸惑いを覚えた。それは杉浦に数時間に及ぶパーティの疲労に気づかせた。杉浦はパーティの場から逃れそっと甲板に出てみた。外は快晴で穏やかだった。すっかり酔いが回ってしまった杉浦の頬に吹きつける海風が心地好かった。直ぐ目の前にソ連の国境警備艇が漁業取締船北海丸と並行に停船していた。それは北海丸とさほど違わない小型の警備艇だった。杉浦は初めて見る警備艇に好奇心をそそられた。改めて警備艇の観察を始めたときだった。意外にも、杉浦は警備艇の甲板にソ連国境警備隊員がいることに気がついた。それも三人。銃を構えて見張りをしている。彼らはいずれも若い兵士だった。三人とも十代の若者に見えた。何と言うことだ。ソ連国境警備隊長と副官兼通訳は北海丸で飲み食いのパーティに興じている。その何時間もの間ずっと彼らは警備艇の船上に立って見張りを続けていたのだろうか。三人の兵士が機関銃を身構えて前方をじっと見詰めている。皆細身だが逞しい体躯である。三人とも横顔が赤みを差した色白である。白系ロシア人なのだろうか。その三人の兵士が杉浦の気配に気がついたのだろう。一斉に振り返り杉浦を見た。そのとき、彼らが肩から吊るした銃器の銃口が杉浦に向けられた。不意のことに杉浦は一瞬目眩を覚えた。杉浦は完全に狼狽えていた。杉浦を見詰めている若い兵士の目は怖いほど青く澄んでいる。その目の色は限りなく無邪気な色に映った。多分、その目の色は何の意味も有していないのであろう。そのときそう思った杉浦は厳然たる事実に気がついた。この兵士たちが日本の漁船に向けて銃撃するのである。発砲するとき兵士の目の色は何色にも染まるのであろうか。彼らに命令が与えられたならば、極度に興奮した彼らの目の色は躊躇することなく命じられたとおりの目の色に染まるに違いない。杉浦に幼少期のソ連兵に対する恐怖心が蘇った。杉浦は暗澹たる気分に襲われた。

五

一九九一年四月、ゴルバチョフ大統領が訪日する頃には、事実上、三十六隻あった特攻船は消滅した。外務省、水産庁、警察庁、海上保安庁など中央の関係機関の連携と指導のもと、北海道庁を含む地元の取締機関が総動員で特攻船を北方の海峡から締め出したのである。

そして同年十二月二十五日、劇的にもソ連が崩壊し新生ロシアが誕生した。そのとき杉浦は、新生ロシアは日本漁船を拿捕することはあっても、もう非人道的な日本漁船に対する銃撃は皆無になるだろうと思った。何故ならもはや新生ロシアはかつてスターリンを生んだようなソ連社会主義国ではないからである。だが、ソ連が崩壊し新生ロシアになっても、日本漁船に対するロシア国境警備隊の銃撃は止まなかった。そして杉浦の備忘録の最後には「船員死亡」という衝撃的な事件が記され、記録はここで中断したままである。

・一九九一年、一九九二年に国後島沖で領海侵犯したという日本漁船が白波を立てて猛スピードで逃げ惑うのに対し、ロシア国境警備隊のヘリコプターが機関銃掃射する画面が一九九四年一月二十六日に、サハリンでテレビ放映された。

・一九九三年十一月二十六日、国後島南のロシア主張領海で根室・歯舞漁協所属のカレイ刺し網漁船四・九トン三人乗組を警備艇が発見し停戦命令をかけたが逃走したため、警告のうえ、機関銃で掃射した。このとき船長の左ももを銃弾が貫通し重傷を負った。

・一九九四年八月十四日、石川県船籍のイカ釣り漁船一三八トン七人乗組が歯舞諸島との中間ライン付近で警備艇から約十回の銃撃を受け、船長が左眼に怪我をした。漁船は十七日朝、八戸港に辿り着いた。

・一九九四年十月四日、歯舞諸島・秋勇留島沖で歯舞漁協所属の刺し網漁船四・九トン三人乗組が逃げようとして、警備艇から銃撃を受けた末拿捕された。刺し網漁船は色丹島へ曳航される途中、銃撃の穴が原因で沈没した。

・二〇〇六年八月十六日、「漁船拿捕、銃撃され船員死亡」

杉浦の備忘録の最後に記されている漁船員死亡事件が発生したのは、二〇〇六年八月十六日のことである。ロシアが実効支配する貝殻島付近の海域で根室湾中部漁協所属のカニかご漁船が納沙布岬と貝殻島との中間ラインを越えて違反操業していたとして、ロシア国境警備隊の警備艇に銃撃され拿捕された。そのとき船長を含む乗組員四人のうち一人の船員が頭部に銃弾を受けて死亡したのだ。船員がロシア国境警備隊の警備艇の銃撃で銃弾を受けて死亡したのは根室の納沙布岬から数キロメートルの海上である。銃撃したのはまぎれもなく一見無邪気な表情をしていたあの若いロシア国境警備隊員の一員なのだ。丸腰の漁船に向けての銃撃はどのような理由があるにせよ許せない非人道的な行為である、と杉浦は悲痛な思いに駆られた。

新生ロシア誕生後、特攻船はどこにもいない。それゆえロシア国境警備艇から銃撃を受けているのは日本の一般の漁船である。彼らの経営基盤は零細で弱い。生活のために漁に熱中しうっかり違反したのかも知れない。あるいは意識の奥底で自分たちの漁場が不当にソ連そしてロシアに奪われた抗議であるかも知れない。しかし彼らはロシアの国境警備隊に抵抗する何の武器も有していないのだ。それなのに彼らはロシアの国境警備艇から銃撃を受ける。そのうえ彼らの生命を守るべきはずの日本国境警備隊の姿はどこにも見当たらないのだ。日本には、ロシア国境警備隊には全く無力な海の警察である海上保安庁が存在するのみである。

その一方で、新生ロシアは封建主義国家の帝政ロシアから社会主義国家のソ連を経て資本主義国家へと国家体制が変遷してきた。新生ロシアは国家体制の本質的な変革を遂げたはずである。にも拘らず新生ロシア国家は過去の強権的な国家体質がいささかも変わることなく北方の海に君臨しているのである。新生ロシアに思いを巡らせつつ杉浦は虚しい気分に襲われた。すると不意に、かつて特攻船に乗っていた国家権力に抗うように挑戦的だった浜岡を思い起こした。そして、真の抵抗者は浜岡だったのだろうかと思った。

仔羊の如く

一

　ここ緑野は北海道のオホーツク地方にあって、開拓農民の小さな、いわゆる開拓集落である。昭和の初期に、本州の各地から開拓農民として人々が入植し、僅か九戸の開拓農家が点在しているだけである。それに緑野は村の市街地から十キロメートル程離れた山間の高台にある。晴天の日には遥か彼方にオホーツクの青い海が望めた。そのオホーツクの海は緑野から幾つかの小高い丘を経て三十キロメートル以上も遠方にあるのだ。冬になるとオホーツク海はシベリアから漂着してきた流氷で閉ざされる。オホーツク海から緑野に吹きつける海風は冷たい。それでその海風は緑野の開拓集落に冷害をもたらすこととなる。もともと緑野の開拓集落は雑木林に覆われた起伏が多い狭隘な土地だった。入植者たちはその雑木林を鍬と馬とで開墾したのだが、その土地は火山灰で痩せ地だった。そこに開拓農民たちは馬鈴薯、ビーツ、麦類、豆類などを作付けしたのだが、多量の収穫物は望めなかった。つまり経営はどこも零細で苦しく貧困に喘いでいたのだった。

だから緑野で少年期を過ごした水上清志《みずかみきよし》の日常も貧困との苦闘の連続だった。彼の思春期の日々と言えば、耕作用雑木林の伐採、伐採地の抜根、作物肥料の運搬、畑起こし、播種、草取り、麦・豆類の刈り取り、脱穀、芋・ビーツ掘り、収穫物の集荷など殆ど人馬の農作業が春先から初冬まで延々と続くのだ。そして冬期間は薪炭原木の伐採作業で現金収入を得る。それらの作業の合間には豚、鶏、馬など家畜の飼育にも従事することになる。それでも彼の暮らしは一向に楽にはならない。主食と言えば麦飯と代用食の馬鈴薯である。おまけに辺鄙な開拓集落には電気が導入されていない。テレビもラジオもなく夜は灯油ランプの薄暗い明かりで暮らしてきたのだ。そんな清志が六十年安保闘争の嵐が去った一九六二年三月、定時制農業高校を卒業して京都に向けて緑野を出立しようとしていた。京都市内の私立大、立志館大学夜間課程に入学するためである。

清志が京都に出立する朝、緑野はまだ春浅く周囲は一面が雪に覆われていた。それは雪原である。冬期間、深い雪の冬道は車が通行できない。人と馬とで掻き分けた緑野の雪道はせいぜい馬橇が通行できるだけである。それなのにその雪道も折悪しく二日前の春一番の大雪で塞がったままである。その日彼は午前四時半に起床した。朝は寒さが厳しかった。三月下旬だと言うのに目覚めたとき、掛け蒲団に掛けていた襟当てのタオル地が彼の吐く息で半ば凍っていた。彼は午前八時十分の汽車に乗って京都に向かう予定である。彼の家から隣町の国鉄乗車駅までは四キロメートル以上はある。しかも峠越えである。彼が持っていく荷物は手回り品の他、夜具などを入れた乗車券託送手荷物のチッキ一個だけである。そのチッキを馬橇で運ぶつもりだったのだ。それなのに道路が雪で塞がっているので馬橇は使えない。体重の重い馬が雪に埋まり馬橇を曳くことができないからだ。どうしようか、と彼は思案していた。戸外はまだ暗かった。そのとき、外の様子を見に出かけていた父が戻って来た。玄関の引き戸を開ける音と同時に父の叫ぶ声がした。

「清志、外は堅雪だ、六時前に家を出れば橇が使える」

昼間、暖気で緩んだ雪が夜中の寒気で凍って堅雪になっており、人が徒歩でも雪に埋もれず歩くことができるのだ。父の言葉を背に清志が出立の準備を整えていたときだった。

「清志、三万円で下宿代と当座の生活費、何とかなるかね」

と、母が心配そうに言った。

「まあ、生活資金としてこれだけあれば十分だと思う」

事もなげに清志が言った。しかし、実のところ不安だった。彼はこのオホーツクの片田舎から他の都市に殆ど出かけたことがなかったからだ。無論、京都の街は全く知らない。京都に着いたその日から京都での暮らしが始まることになる。全く未知の生活にどの程度資金が必要なのか皆目見当がつかなかったのだ。しかし、大学は夜間課程だから昼間は働くことができるので、何とかなるはずだと彼は自分に言い聞かせた。

「まあ、三万円あれば三ヶ月間ぐらいは何とかなるさ」

清志と母の話を聞いていた父が言った。三万円はこの一ヶ月間に清志と父とが炭焼きの原木となる雑木林の伐採の手間賃で得た貴重な現金収入だった。水上家の年間の現金収入は四十万円弱である。だからその計算では、一人当たり三万円で三ヶ月間は暮らせるはずなのだ。そんな父母との遣り取りの後、彼は午前六時前に戸外に出て橇にチッキと手回り品を積み込んだ。すると父母がその僅かばかりの手荷物を念入りに点検し始めた。清志の出立の時間がいよいよ迫ってきたとき、隣家の綾野純子《あやのじゅんこ》が小走りにやって来た。小学生の彼女の妹も一緒だった。

「ごめんなさい、遅くなって。母は風邪で来られないの、宜しくって」

純子は息を弾ませながら言った。

「純ちゃん、朝早くから悪いね」

清志の母が純子の妹の頭を撫でながら言った。

「とんでもないわ、いつもお世話になりっぱなしですもの」

純子の父は彼女が十二歳のときに癌で亡くなっていた。以来、水上家では隣家の綾野家の農作業を半ば共同作業に近い格好で総出で支援してきたのである。

「あれ、随分と他人行儀だね。純ちゃんたちとは家族同然。それより清志、かんじきを積んでないな」

清志の父が橇を指差して言った。

「あっ、忘れてた」

そう言って清志は慌てて物置きにかんじきを取りに行った。純子が清志を駅で見送った後、彼女が帰路に就く頃には堅雪が暖気で解け始める。だから徒歩では足が雪に埋まり歩くことが難儀になる。それでかんじきが必要なのだ。清志がかんじきを橇に積み込んだとき母が言った。

「それじゃ、純ちゃん、お願いね」

「はい、清志さんを駅まで見送ってきます」

純子はそう言って橇の曳き綱を手に取って引っ張った。

「清志、まあ、体に気をつけろ」

ぶっきらぼうな父の言葉に清志は黙って頷いた。純子の妹が「バイバイ」と言いながら手を振った。

清志と純子は二人で橇の曳き綱を引いて歩き出した。駅までは峠を越えて四キロメートル以上はある。いつもは快活な純子がその日は寡黙だった。物憂げな純子に清志は話し掛ける言葉を探せないでいた。清志は純子を盗み見した。純子は伏し目がちに俯いていた。それに無表情である。純子は虚ろなのだ。そんな純子の様子に全ては自分のせいなのだ、と清志は思った。清志は純子に後ろめたさを感じていた。これまで男手のない純子たちの家族を清志たちの家族が支援する格好で、両家は半ば共同経営に近い形で営農を行ってきた。だから清志と純子はいつも一緒にいることが多かった。そんな二人を見て、清志と純子が一緒になれば両家の将来に期待が持てる、と両家の親たちが話すこともあったのだ。それに清志は純子の熱い視線を感じることもあった。だが清志の感情が高ぶることはなかった。確かに清志は純子を嫌いではなかった。中学校卒業後、父親のいない純子は日焼けで真っ黒になりながらいつも畑作業と格闘していた。彼女の母親と妹、そして彼女自身の生活のために必死だったのだ。そのせいか彼女は痩せぎすで目だけが大きくぎらついていた。それに夏の暑い盛りの日だった。彼女が三十キロ詰めの肥料袋を馬車に積むため彼女の肩に担ぎ上げたとき、剥き出しになっている彼女の細い二の腕に力こぶを見ることができた。清志はそんな懸命な純子を愛おしく思った。彼女の支えになってやりたいとも思った。だが、清志には彼女を異性として感じる思いが希薄だったのだ。清志が純子に抱く思いを突き詰めてみれば、異性というよりは妹に近い存在だった。それに両家の親たちが望んでいるように純子と結婚することは、この緑野で農業を営み自分の両親と純子の家族を抱え込むことになる。清志は何が何でも緑野から脱出したかったのだ。今、緑野に純子を残して京都に出立しようとしている自分は冷酷なのだろうか、と清志は思った。

清志と純子は駅まで殆ど口を利かずに黙々とただ歩き続けた。駅には発車の一時間程前に着いた。そのときになって不安が清志に過った。京都に知り合いは誰もいない。街の様子も不案内である。昼間働いて夜学に通うことになるが、安定した職場を確保できる目処は全くない。出立の時間が迫るにつれて彼は心細くなってきた。

「それにしても、京都は本当に遠いわね」

純子がぼそっと呟いた。清志を直視している純子の瞳が間近にあった。彼女の大きな黒い瞳は澄んでいた。清志はその瞳に吸い込まれそうな錯覚を覚えた。清志は答えるべき言葉が見つからなかった。また清志と純子は寡黙になった。そしてときどき視線を合わせた。駅舎には清志と純子しかいなかった。ほどなくして列車が到着するという駅員のアナウンスがあった。乗車すると網走、札幌で列車を乗り継ぎ、函館から津軽海峡を連絡船で渡り、青森からはまた列車で日本海側の裏日本を経由して、京都に着くのは二日後の午前である。

「体に気をつけてね」

列車がホームに入ってきたとき純子が小声で言った。

「有り難う、純ちゃんも」

純子の真剣な眼差しに清志は何故か戸惑いを覚えた。甲高い警笛を鳴らして列車がガタンと動き出した。見る間に純子の姿が小さくなった。彼には純子の姿が妙に頼りなげに思えた。

二

清志は緑野を発ってから翌々日の午前十時頃に京都に着いた。京都駅の構内は大勢の人で混雑していた。人々の服装は軽快で清志には誰もが妙に青白く無表情に見えた。そのとき彼は雪焼けで黒光りしている自分の顔に気がついた。真っ黒な顔で古びた厚手の半オーバーとボストンバッグを抱えた田舎丸出しであろう自分に違和感を覚えつつ、彼は真っ先に市電乗り場を探し始めた。戸外は緑野とは別世界の春の陽気に満ちていた。彼はあまりにも緑野とはかけ離れた街の様子に現実感を喪失していた。それでも何とか市電乗り場を探し当て大学に直行した。そして学生課の紹介でその日のうちにクリーニング店に職を得た。個人経営の小さなクリーニング店である。彼はそのクリーニング店に住み込みの店員として雇われたのである。しかし、そのクリーニング店は勤務が夜間に及ぶなど勤務時間が不規則で、彼が優先する勉学に支障をきたした。それで彼はより勉学に適した職場を求めて、クリーニング店の次に消火器の販売店、その次には印刷工場の倉庫番と短期間のうちに職を転々とした。だが、これらの職場はいずれも小規模事業所で住み込みだったこともあり、勉学に取り組むには満足できる職場環境とは言えなかった。彼はそんな状況から脱出するため、その年の夏に国家公務員の初級職試験を受験した。その結果、彼は試験に合格し、年が明けた一月一日付けで国立都京大学の事務職員として中途採用された。勤務部署は法学部事務局である。それに住まいは長屋の四畳半一間を借り、住み込みの生活から解放された。当時、全国の大学では左翼の学生運動が盛んであり、清志が京都にやって来た年の十月には、世界を震撼させたキューバ・ミサイル危機が勃発したが、そんな社会の動向に対して彼の関心は希薄だった。しかしその後、生活に余裕ができた彼の関心は外部へと広がり、大学で受講する講義が多岐に及んだ三学年の頃には、彼にとってそれまで未知の領域だったマルクス主義の世界観に強く惹かれるようになったのだった。

夜間課程の二部学生の最終授業は午後九時過ぎに終了する。清志が帰宅するために市電に乗るのは九時半頃になる。大学前の市電の停留所から乗るのだが、夜の九時半頃ともなると市電はいつも空いている。それが大学前の電停で満員になる。最終講義を終えた学生たちが一斉に乗り込むからだ。彼らは二部学生である。清志は大学四年生になっていた。九月の京都は夜になっても外気は生暖かい。市電は窓を開放して走行している。それでも車内は学生たちの人いきれでむんむんしていた。それに車内は市電の走行音と学生たちの声高な話し声でいつも騒々しい。しかし、清志が車内の喧噪に身を委ねるのは僅かな間である。大学前から三つ目の電停で多くの学生たちが市電を乗り換えるからだ。学生たちが乗り換えのために降車した後の車内はいつも空いている。清志は空いた座席にゆっくりと腰を下ろし目を閉じる。そしてその日の講義をあれこれと思い返すのが彼の日課になっていた。

日課と言えば、彼は日中の午前九時から午後五時まで国立都京大法学部事務局に勤務し、勤務を終えるや否や学生食堂に直行する。それから素早く夜食を済まして講義を受講する。そして彼はその日終えた講義を帰路に向かう市電に揺られながらあれこれと思い巡らすことになる。そのとき、彼は心地好い至福を覚えるのだった。

九月中旬のその日、大学の夏休みが終わり後期の授業が開始されたばかりだった。彼が受講したのは社会学だった。講義の内容は前期に引き続きマックス・ウェーバー概説である。しかし、担当教授はマックス・ウェーバーの学説がマルクス主義を意識して構築されているとして、直ぐにマルクス主義の解説へと脱線してしまうのだった。清志は帰途の市電の中で目を閉じて、つい先程受講したばかりの講義についてあれこれと思い返していた。彼は頭の中で教授の講義を整理してみた。

マルクス主義の見解では、資本主義社会は剰余価値によって成り立つ。剰余価値は資本家が労働者から搾取しその結果生み出される利潤である。資本家たちが彼らの果てしない欲望を満たすために利潤を追い求め、その利潤を貪り続ける帰結として資本主義は本質的に侵略性を有する。つまりはファシズムの道に通じる。他方、社会主義社会は働く者からの搾取を否定する。それゆえ社会主義社会は本来的に侵略性を有しない。それはヒューマニズムに貫徹される。それから……と彼の思考が中断した。そして、教授の講義のエッセンスがこのような整理ではあまりに単純で短絡過ぎるかな、と彼は思った。しかし彼は既に無条件で教授の講義に心酔していた。それは彼がこれまでマルクス主義の知識が皆無だったせいもある。つまりは教授の講義が新鮮だったのだ。それに彼が少年期を過ごしたオホーツク地方の寒村で貧困に喘いでいた当時の状況が教授の講義により分かったような気がしたのである。農業者と賃労働者とは労働形態が異なる。だから彼は、農業者だった自分たちが何者かに搾取されていることを直感したのである。細部は別として本質的にマルクス主義の学説は正当性を有するはずだ、と彼は思ったのだ。それは彼にとって人間の本質に迫る課題だった。つまり人間社会の進歩と発展は本質的に個々人の欲望に根ざした競争によるものなのか、それとも個々人の欲望を超越した人間の知性を核とした働く者の連帯意識によるものなのか、どちらに正当な論拠を見出すべきか、彼にとっては重要だったのである。しかし、一時は思い倦んだ課題も、彼が学んだ弁証法的唯物論の観点から既に結論が出ていた。それは担当教授が曰く、ヘーゲルの哲学を発展的に継承したという弁証法的唯物論である。そのとき彼は弁証法的唯物論の諸法則、即ち対立物の統一、量から質及び質から量への転化、否定の否定等の法則から人間のありようを模索した。その結果、人間をあるがままの姿として捉えるならば、人間に内包する動物的欲望と人間的理性の諸矛盾の対立と葛藤はいずれ人間の存在が限りなく理性的な存在として確立されるはずだ、という思いに至ったのである。……例えば、原初、人間は動物的な欲望による行動で自己の生命を維持してきた。それが個々ではひ弱な人間は共同生活によって他者の存在価値を認識し、知性と理性つまり人間性が芽生えるに至った。その動物的な欲望と人間的な知性は今も我々に現存して対立と葛藤の矛盾関係にある。この両者の対立と葛藤は人間がいずれ未来に向かってどこまでも人間性に満ちた存在として収斂される可能性に満ちているはずだ……。市電に揺られながら様々に思い巡らす彼の思索はいつも完結することなく中断することになる。彼が降車する電停が近づいてきたのだ。

清志が授業を終えて帰宅するのは午後十時半過ぎである。帰宅と言っても間借りしている古い長屋の二階の四畳半一間の部屋である。押入れがないので蒲団が部屋の隅に積んである。天井からは六十ワットの裸電球がぶら下がっている。そして壁には衣紋掛けが二本吊るしてある。後は文机と教科書などを入れた本箱が一個だけの殺風景な部屋である。その日も清志が長屋に帰ってきたのは夜の十時半を過ぎていた。九月中旬の京都の夜はまだ残暑が厳しかった。昼間、彼の部屋には西日がたっぷりと注ぎ込まれていた。それで夜になっても熱気が充満し、まるで蒸し風呂のように暑い。彼は部屋に足を踏み入れるなり直ぐにシャツとズボンを脱ぎ捨ててパンツ一枚になった。そのとき、彼は机の上に一通の封書が置いてあるのに気がついた。それは郵便物である。いつも大家が机の上に置いてくれるのだ。大家はもう八十を過ぎた小柄な老女である。彼女は清志を孫ぐらいに思っているのだろうか。長屋には彼の他に二組の夫婦がいるが、彼女は清志の部屋だけは自由に出入りしているのである。清志は封書を手に取った。差出人は北海道人事委員会事務局である。慌てて封を切った。彼は「あっ」と声をあげそうになった。それは北海道職員上級行政職採用筆記試験結果の合格通知だった。彼は舞いあがるほど気持ちが高ぶった。上級職試験は毎年三十倍以上の競争率である。国立大生も多数受験している難関である。筆記試験合格後は面接試験があるが、上級職として採用されれば大卒者のエリート職員になれるのだ。彼は手に持っていた合格通知書を頭上に掲げ狭い部屋の中で小躍りした。そしてその最中に、清志は何故かオホーツク海の風が吹き抜ける緑野を思った。京都に来てかららときどき純子から手紙が届いた。その殆どが作物の生育状況や気候など緑野の日常に関する事柄だった。直近の純子の手紙によると、緑野も様々に変化が起きているようだった。ごく最近では緑野に漸く電気が導入され、農耕馬に取って代わるトラクターの導入など畑作の機械化が検討されているという。畑作業にトラクターなどの機械が導入されれば、一日中、土埃が舞う畑地を耕作で馬の尻を追い続けたり、畑地にへばりついて草むしりをしたり、収穫時には一鍬ずつ芋を掘ったり、一鎌ずつ麦や豆を刈り取ったりするなど、極端に体を酷使することはなくなるであろう。しかし、そのとき父母はどうなるのだろうか、と彼は赤銅色に日焼けして皺の深い父母の顔を思い浮かべた。跡継ぎの自分が緑野を離れたため父母には営農の跡継ぎがいない。跡継ぎがいない父母には機械化のための借入金による資金調達ができない。父母は離農せざるを得なくなるであろう。そのとき自分はどう対処すべきなのか。清志の思いはここで中断した。いくら思案しても先行きが全く見通せないのだ。それでも、もう自分は緑野に戻ることはない。大学卒業後は道庁のエリート職員の道を邁進するだけだ、と彼は強く思った。いつの間にか彼の興奮が収まっていた。顔から汗が滴り落ちるのに気がついた。彼は急に酷い暑さを覚えた。体中が汗だくである。いつものように近くの銭湯に行くことにした。汗を流してサウナに入り水風呂で体を冷やす。それからアイスバーを数本買ってそれを食べて体内から体を冷やす。そうすれば暑さを感じる間もなく眠りに就くことができるのだ。彼は浮き立つ気持ちを静めようと努めるのだが銭湯に向かう暗い路地を無意識のうちに小走りになるのだった。

三

一九六六年秋、日本労働組合総評議会のいわゆる総評はベトナム反戦統一ストの実施を声高に喧伝していた。同時に全世界の反戦運動団体にベトナム戦争反対を呼びかけていた。スト決行日は十月二十一日である。マスコミは連日のように、このベトナム反戦統一ストに関する各地の動向を報じていた。その年、清志は二十三歳、大学を卒業し四月に北海道職員に採用されたばかりである。勤務先は道庁の出先機関、網走庁である。網走市に所在しオホーツク地方における道庁の総合行政を所管している。その網走市の街はベトナム反戦統一スト実施の前日になっても平穏そのものだった。保守色が濃厚な人口が約四万四千人の港街である。それゆえ、街の人々にとってベトナム戦争はどこか遠くの異国の話に過ぎないのであろうか。革新団体のベトナム反戦の声高な訴えに、この街の人々はさほどの関心も示さないのだ。だが、清志の職場の様子は異なっていた。ベトナム反戦統一ストを巡って騒々しかったのである。網走庁職員は北海道庁職員である。そして北海道庁職員が加入している労働組合は自治労の傘下にある。自治労は総評の主要メンバーであるため、ベトナム反戦統一ストを巡って労使間の対立が先鋭化していたのである。網走庁の労組員は管理職や労組未加入職員の約五十名を除いた二百名程である。ストが近づくにつれて、労組側は労組員に対してビラの配布や集会の開催などによりスト参加へのオルグを強めていた。一方、職場の課長など幹部職員たちはスト実施の違法性を強調して職員のスト参加阻止に懸命になっていた。網走庁の庁舎は三階建てのコンクリート造りである。壁のところどころに細かいひび割れが目立つ古びた建物である。各階には掲示板が掲げられており、そこに「スト参加者に対しては厳正な処分を断行する」旨を記した知事談話の貼り紙が仰々しく掲げられていた。

そんなベトナム反戦ストを巡る労組側と職場幹部のせめぎ合いの狭間で清志の気持ちは揺れていた。ベトナム反戦ストに参加すべきか否か、迷いに迷っていたのだ。彼の立場は反戦である。善良な一市民としてベトナム反戦ストに参加するのは一種の義務である、という思いがある。ベトナム反戦ストへの参加はアメリカ資本主義のベトナム侵略に反対することである。それは万国の労働者団結への第一歩となるはずだ、と彼は確信していたのだ。学生のときに資本主義に対する批判的な思考を身につけた。それゆえ、ストに参加しなければならないという観念が彼を支配していたのだ。その一方で、ストに参加した場合は厳しい処分を覚悟しなければならない、という思いが清志を重苦しくさせていた。気持ちは揺れていた。……スト参加者は職場の労組幹部が中心の少数に過ぎないだろう。当然、スト参加者に対する管理職の対応は厳しくなるはずである。職場内で孤立することになる。まして、自分はいわゆる幹部候補生として入庁して間もない新人職員なのだ。ストに参加すれば突出して目立つ存在となるだろう……彼の苦悩は延々と続くのだった。

スト前日の退庁間際に、職員たちは直属の上司である課長から「スト参加禁止」の職務命令書が手渡された。清志の上司、吉田《よしだ》企画課長はエリート幹部。網走庁の中では最年少の課長である。そのせいか吉田課長のスト対策には一段と力が込められているようである。課員を一人ずつ自分のデスクの前に呼び出し職務命令書を手渡した。

「水上君、万が一にも、ストには参加しないように」

吉田課長が厳しい口調で言った。清志は職務命令書を受け取る際に「はい」と言いかけて、無意識のうちにその言葉を呑み込んだ。

「あれっ、水上君、返事がないな」

刺すような吉田課長の視線だった。清志は黙って一礼し自席に戻った。二十人程の課員たちは職務命令書を受け取ると、直ぐに自席を離れて退室して行った。その際、各課毎に配置されている労組の分会長が課員の一人一人に集会参加を呼びかけている。分会長は課員の持ち回りで選出されていた。庁舎の前庭でスト参加に向けて決起集会が開催されるのだ。職員たちは明日実施されるストの参加に関係なく、労組に義理立てして集会に参加する者が多数いた。しかし、清志は集会に参加しなかった。彼は真っ直ぐ下宿先に向かった。道すがらストの参加を巡って自分の立ち位置を自問していた。……ストに参加すべきか、せざるべきか。上級行政職合格者の自分は幹部候補生である。何事もなければ将来は道庁幹部職員として登用されるはずなのだ。それに緑野では畑作の機械化導入が進み数年後に父母は離農せざるを得ないであろう。そのとき父母の生活を自分が支えなければならない。やはりスト参加のリスクは大きいな……と彼の思いは様々に屈折するばかりだった。

ベトナム反戦ストの日、清志は午前八時に職場の網走庁に着いた。下宿先から職場までは徒歩で二十分程である。彼は既にスト参加を決意していた。その決意をさせたのはフランスの哲学者ジャン・ポール・サルトルが発したメッセージだった。サルトルが「世界の労働組合で初めてのベトナム反戦スト」と総評を讃えたのだ。清志が職場に着いたときには既に労組幹部と少数の一般労組員が庁舎の入り口近くに集まっていた。スト参加者は総勢三十人程であろうか。通常なら九時出勤であるからいつもより一時間も早い。だからストに参加しない一般職員の姿はまだ見かけない。しかし、職場の管理職である網走庁長をはじめ部課長、それに課長補佐などは既に出勤しているはずである。彼は躊躇うことなくスト参加者の一団に向かって真っ直ぐ歩いて行った。彼を見た労組幹部の一人が「やあ」と片手をあげた。

「思いがけない新人で驚きました」

と、その幹部は彼に笑顔を見せた。すると、居合わせた人々の視線が一斉に清志に注がれた。一瞬、清志は戸惑った。そのときだった。庁舎の窓越しに手招きをしている者の姿に気がついた。よく見るとそれは吉田課長だった。手招きはストに参加せず庁舎内に入れということなのだろう、と思った。だが、そのときにはもう既に清志はスト参加者に取り囲まれていた。彼はその場を離れる心境になれなかった。八時半になるとスト決起集会が開始された。次々と労組幹部の決意表明が続いた。その頃には大勢の職員が姿を見せて次から次へと吸い込まれるように庁舎内に入って行った。大勢の職員が出勤する九時近くになってもスト参加者は殆ど増えなかった。時折、庁舎管理の総元締めでもある総務課長が集会を妨害するかのようにハンドマイクでストを中止するよう警告してきた。清志は何も考えられずストの喧噪の中で所在なげに立っていた。だが、彼の全身は緊張していた。その緊張の直中で、スト参加は何のほどのこともない、と漠然と思った。九時半にストは終わった。清志が所属する企画課でストに参加した職員は彼一人である。ストが終わって職場に戻るとき流石に緊張で顔が強張った。彼が企画課のドアを開けると、怒りを隠さない厳しい顔つきの吉田課長が待ち構えていた。課員は全員がデスクに視線を落として仕事をしていた。清志が部屋に入っても誰も彼を見ようとしなかった。彼は黙って自分のデスクに向かった。そのときだった。

「水上君」

と吉田課長が手招きをした。清志は吉田課長のデスクの前まで進み直立不動の姿勢を取った。

「水上君、何でストになんかに参加したんだ。わざわざ俺が庁舎に入るようにと、合図したのが分からなかったのか」

吉田課長の声には怒気がこもっていた。

「気がついていました」

清志はきっぱりと答えた。

「そうか、確信犯か。まさか水上君がね。きみを信じていたのに、裏切られたということか」

吐き捨てるような吉田課長の言葉だった。そして清志を追い払うように顎をしゃくって、

「戻れ」

と言った。

ベトナム反戦ストに参加した清志に対する吉田課長の仕打ちはあからさまだった。まず、吉田課長は清志がそれまで担当していた業務を取り上げた。そして、文書の収受やら会計伝票の整理などの単純な雑務のみを担当させた。さらには日常的に彼を無視して一切口を利こうとはしなかった。清志がストに参加したことで、エリートである吉田課長は自身の管理職としての資質が問われ経歴に傷がつく、と周囲に怒りを露わにしているという。そんな吉田課長を気遣ってか、企画課の同僚たちは職場内では清志にどことなくよそよそしかった。清志にとって辛い日々が延々と続いた。

ベトナム反戦ストが終わって一ヶ月以上が経った十一月下旬の日曜日だった。突然、清志のアパートに母がやって来た。緑野から網走までは汽車を利用して約二時間かかる。何の予告もなく一人で訪ねて来た母に戸惑いを覚えた。

「どうしたの、突然、何かあった」

清志は訝しげに母に尋ねた。

「えっ……」

と言って母が一瞬口を噤んだ。

「畑の収穫は終わったの」

清志の問いに答えずに母が言った。

「純ちゃん、婿さんを貰うんだって」

「えっ、婿さん」

意外な母の言葉に清志は驚いて声高になった。

「純ちゃん、清志を待っていたのに」

「何なの、それ」

意外な母の言葉に清志が驚きの声をあげた。

「決まってるじゃないか、清志、おまえと一緒になることだろう」

「そんなこと」

と清志は口ごもった。

「純ちゃんは優しくて働き者、それに可愛いよ」

「それは僕も同感だ」

「それなら一緒になりなさいな。純ちゃんなら、母さんも大のお気に入りだし、今ならまだ間に合う。母さん、そう思ってここに来たんだから」

母は清志を凝視している。彼は母の強い視線に耐えきれなくなった。就職してからまだ八ヶ月足らずの彼は職場で右往左往している有り様である。まだ結婚に対する現実感がなかったのだ。

「僕は安月給だから、当面、結婚は無理だよ」

「共働きしたら何とかなる」

「純ちゃんのお母さんと妹はどうするの」

「それは今までと同じ。純ちゃんのお母さんと私たちが助け合っていけば、当面は大丈夫」

母が断定的に言った。清志は母の話を聞きながら純子を思っていた。純子は確かに美形である。だが、彼には純子に対して何故か異性としての意識が希薄なのだ。つまり魅惑的な異性としての熱い感情が欠如しているのだ。

「母さん、とにかく、僕には無理だよ」

「それなら仕方がないね。緑野でも畑作の機械化が進んできたからね。婿さん貰って、純ちゃんところも、将来のためには機械化するしかないものね」

母が溜息混じりに言った。

「そのとき、母さんたちはどうするの」

「私たちは清志が農業を継がないからね、機械化なんかできないし、畑を人様に貸して、出面取りでもして暮らすしかないだろうよ」
母が弱々しく言った。清志は返す言葉を失った。気まずい沈黙が二人を襲った。

四

釧路の街はいつも秋の色が漂っている。それも枯れた色である。清志は四年前の四月に札幌から釧路に転勤してきた。彼が三十八歳のときである。そのとき、釧路の街はまだ肌寒かった。葉を落としたままの街路樹は芽吹きの兆候さえ見られなかった。雪はなく車両が巻き上げる砂塵で街はくすんで見えた。そして、六月になってやっと遅い新緑の春がやって来た。しかし、それも束の間である。直ぐに街は冷たい霧に包まれてしまった。海霧が街をすっぽりと包み込んでしまう冷たい夏の到来である。そのうえ、秋の紅葉の期間は短いのである。木々はあっという間に葉を落として裸になる。枯れた秋の到来である。しかも冬は殆ど雪が積もらない。勿論、凍てつく冬の季節だから降雨もない。だから冬期間は葉を落とした寒々と林立する木々の街並みが冬景色となる。おまけに凍てついた街は車両が乾燥した路面の砂塵を巻き上げ空が灰色のスモッグで覆われている。つまりは、釧路の街にはいつも枯れた秋の色が漂っているのだ。

釧路は季節の色彩が希薄だ、と清志は思っていた。それで釧路の街に馴染めなかったのである。

一九八五年四月、清志は四十二歳、道庁に入庁してから早くも十九年が経っていた。この間、彼は網走庁を振り出しに札幌市所在の本庁、そして現在の釧路庁と転勤を重ねてきた。現在、彼は釧路庁の水産課北洋主査に配属されている。それは彼が初めて得た役職である。今、彼が釧路に来てから五度目の四月を迎えようとしていた。四月は例年のように人事の季節である。早くも様々な人事情報が職員間に交錯している。彼の職場は道庁の出先機関である。その釧路庁は職員が約三百人、当然のことながら釧路庁でも人事異動がある。それゆえ、人事異動が終わるまで職場内は落ち着きを失ってしまう。彼はそんな周囲のざわめきに苛ついていた。何故なら様々に交錯する人事情報には彼自身に関する事柄がこれっぽっちもなかったからだ。一方、彼は共働きのため妻を札幌に残して単身赴任の生活を強いられていたため、一日も早く札幌に戻りたいという思いが日毎に募っていたのである。それに、既に六十を過ぎていた彼の両親は十年以上も前に離農しており、農地の賃貸と近隣農家の日雇い収入で食いつないでいたので、彼はいずれ両親を札幌に呼び寄せたいと思っていたのだ。

そんなある日だった。職場に「国の天下り人事断固反対」の労組の教宣ビラが配布された。そこには「当局から道環境部長ポストに環境庁総務課長の四方靖秀《しほうやすひで》氏が提示される」と大見出しがつけられていた。経歴には都京大法学部卒、四十一歳とあった。清志は労組のビラを目にした瞬間、「あっ」と声をあげそうになった。「四方靖秀」それは彼にとって忘れられない名前だったからである。四十一歳と言えば自分より一歳年下で、それに都京大卒である。間違いなく学生時代に出会った過激派学生の四方靖秀その人だ、と彼は思った。その出会いはたった一度きりだが印象深いものだったのだ。

清志が四方靖秀に出会ったのは学生のときである。その頃の彼は、夜は私立の立志館大学夜間部に通学しながら、昼間は国立の都京大学法学部の事務局に勤務していた。担当は教務係の窓口業務である。窓口には各種証明書発行の申請に学生たちが頻繁にやって来る。特に授業時間帯の合間や昼休み、そして帰り際にどっと押し寄せ、その度に窓口が混雑した。証明書の中では国鉄乗車券学生割引証明書の申請が圧倒的に多い。学生たちへ即座に証明書を発行することが困難なので、証明書の発行交付は申請日の翌日とする旨の貼り紙をしている。それで窓口担当の清志は前日までに受け付けた証明書発行申請書関係の証明書を素早く学生たちに手渡すのだ。そして、学生たちの姿が見えなくなってから証明書の作成に取り組むことにしていた。そんな清志が大学三年生だった九月中旬の土曜日のことである。土曜日は半日勤務である。週末になると流石に彼は軽い疲労を覚える。彼は事務局の柱時計をちらっと見た。いつの間にか退所の時間が迫っていた。土曜日は学生の証明書発行申請件数が多い。それで土曜日には殆ど事務処理のため残業をすることになる。午後五時頃まで残業して、その後に立志館大夜間部の授業を受講することになるのだ。その日も事務処理が相当残っているので残業は避けられない、と彼は覚悟していた。退所時間の正午が迫ったそのときである。突然「バーン」と大きな音がした。彼は驚いて事務処理をしていた机から顔をあげた。外部と隔てた受付の窓口の戸が勢いよく開いたのだ。受付の窓口は彼の直ぐ目の前にある。外に薄笑いを浮かべた学生の顔があった。三角目の鋭く刺すような視線である。長髪で筋骨逞しい長身の学生である。

「これ、今、直ぐ発行してよ」

学生がそう言って、学割証明申請書を清志の手元へポイッと投げ入れた。

「貼り紙に書いてあるでしょう。証明書交付は明後日の月曜日になります」

清志がさりげなく学生の申し出を断った。都京大学は国内最高の名門校である。それゆえ、優秀なだけでなく口うるさい学生もいたので、清志は学生たちの対応に細心の注意を払っていた。

「俺にも都合がある」

ぞんざいな学生の口調だった。

「どんな都合ですか」

「何だ、できないのか、おまえ」

学生が気色ばんだ。そして続けた。

「たかが国家機関の末端のくせに、馬鹿か、少しは融通を利かせろよ」

吐き捨てるような言葉だった。学生の眼鏡の奥の視線が鋭かった。喧嘩腰の学生に清志も熱くなって言った。

「何ですか、一体」

そのとき、清志の上司である教務係長が窓口に駆けつけて来た。

「水上君、俺がやるよ」

と言って清志に席を替わるよう促した。四十過ぎの小太りで普段は穏やかな教務係長の表情が何故か険しかった。事情が呑み込めないまま清志は教務係長の指示に従った。すると教務係長が自ら学割証明書を発行してその学生に手渡した。清志はあっけに取られていた。学生は勝ち誇ったように薄笑いを浮かべて清志を一瞥して立ち去った。

「水上君、彼は過激派の幹部だよ」

「過激派」

「本学の学生運動家幹部で四方靖秀、覚えておいたほうが良い。トラブルになると大変だよ」

教務係長は冷静だった。

「有り難うございました」

清志は教務係長に素直に頭を下げた。そして「四方靖秀」と彼は過激派学生の名前を声に出さずに反復した。清志は学生運動に積極的に関わってはいない。いわゆるノンポリ学生である。それでも過激派学生が社会的に問題となっていることを報道などで知っていた。数派に及ぶ過激派が互いに抗争し殺人事件まで引き起こしていたからだ。清志はそんな過激派の彼らに決して共感を抱くことはないであろう、と思った。

四方靖秀は労組の反対にも拘わらず四月になって正式に道環境部長の人事異動が発令された。顔写真も新聞に掲載された。険のある目つきが学生のとき出会った四方靖秀と同じである。やはりあのときの過激派学生運動家の幹部だ、と清志は確信した。清志の職場の釧路庁では四方靖秀の若さが話題になっていた。そんなとき朝の勤務開始早々に、デスクが真向いの片石《かたいし》が清志に話し掛けてきた。

「ねえ、水上主査、どう思います。今回、発令された本庁の環境部長のこと」

「どうって」

清志が片石を見て言った。

「新部長は我々にとって、雲の上の人ですね」

「まあ、ね」

興味深げに話し掛けてくる片石に清志はさりげなく答えた。片石は清志のただ一人の担当部下である。

「新部長は我々とほぼ同年ですものね。彼がいくら国家公務員のキャリアと言っても、どうしてこんなに我々と差がつくんですかね」

片石の言葉に清志は一瞬嫌な気分に襲われた。

「それは彼が優秀なせいだろう」

素っ気なく清志が言った。

「本当にそう思いますか。水上主査も北海道職員のキャリア組じゃないですか」

「それを言うなら、片石さんも同じだよ」

清志はすかさず切り返した。彼ら二人は道職員のキャリア組で、しかも同期だったのだ。それなのに清志はまだ出先機関の係長職で、片石は役職なしの係員である。他の同期生たちはだいたい本庁の課長補佐職になっている。キャリア組の清志としては同僚たちより三段階ぐらい昇進が遅れていることになる。

「私は司法試験に合格できずこんな体たらく。まあ、これはこれで不満はありません。でも、水上主査は残念ですね」

「その話はそれまで。あまり個人的なことに踏み込まないこと」

清志は強い口調で片石の言葉を遮った。清志は片石の言わんとすることを既に知っていたのだ。それは四年前に清志が本庁から片石の上司として釧路庁に異動して来たときのことである。着任してきた早々、いきなり片石が切り出してきた。

「我々は一応キャリア組の同期生、その二人が同一職場に配置されるとは、どう思います」

「何が」

清志は返答に窮して片石を見た。

「二人とも人事課のブラックリストに載っているからですよ」

「まさか」

「知らなかったのですか。それではブラックリストを披露します」

片石はにやりと笑って続けた。

「私、片石は裁判官の父親の影響を受け、自己の考えに病的に固執し、極端に非妥協的で適応能力を欠如しており、幹部としての資質が皆無である。それから、えー、水上は入庁年次にベトナム反戦政治ストに参加するなど、政治的中立性を著しく欠いた偏向的思想を有する要注意人物である。だって」

と片石が自嘲気味に言った。片石は国立帝北大卒で人事課に親しい同窓生がいる。その同窓生から得た確かな情報だというのだ。道庁は年間数百人の新規採用を行う。そのうち、行政職のキャリア採用は十数人である。将来の幹部候補生として人事課が特別にキャリア組の人事管理を行っているというのだ。それで一度ブラックリストに載ってしまうと、それがいつまでも引き継がれてそのレッテルから脱することはできないというのだ。一九六六年十月、何故あのときベトナム反戦ストに参加してしまったのだろうか、と清志は当時を振り返った。あのとき自分は直截過ぎたのだ。それは何故か。多分、自分の直情径行的な性格が災いしたのだろう。自分の生い立ちに起因している。電気もない緑野で貧しい開拓農民の日々を過ごし、定時制高校卒業後、京都に行って昼間は働きながら私立大学の夜間部に通学した。その間、働きづめの全く余裕のない日々であった。そのことが社交性に乏しい直情径行的な自己を形成したのだろう。それゆえ、周囲の状況を顧みることなく自ら構築した自己の観念に拘泥しあのストに参加することとなったのだ。と彼は苦い思いで当時を回想するのだった。

四月下旬、全庁に及ぶ北海道庁の人事異動も終わった。そんなとき、北海道庁で公費の不正経理問題が浮上した。ある道職員が職場で行われている公費の不適切な支出の実態をマスコミへリークしたことに端を発して、公費の不正経理問題がクローズアップされたのである。北海道庁では通常、国の職員の接待に伴う飲食代は予算化されていない。それなのに道職員が架空の出張を仕立てて旅費を支出して現金化し、これを接待費に充てていたというのである。つまり公金の裏金処理による不正経理問題である。北海道庁においてはこうした類の事象がこれまで数度、問題化したことがある。そして、その度に不正経理禁止に関する注意が喚起されてきた。しかし、今回は単なる注意喚起に止まらず、本庁が全道の各庁長を招集し不正経理禁止の徹底化を指導するとともに、各庁では部課長会議でその内容が伝達され各職員に周知が図られたのである。

清志は不正経理を全面的に禁止するという課長の話を聞いて軽やかな気分になった。本当に不正経理は禁止されるのだろうか。もし、それが本当ならば本庁の職員が釧路に来ても飲食が伴う接待は廃止されることになる。清志には不正経理に関して様々な思いがある。かつて、彼は出先機関の職員が本庁の職員に対して何故、接待が必要なのか、と疑問に思ったことがある。だが、その答えは単純だった。北海道庁は巨大な組織である。それで本庁と出先機関の職員間の人間関係は一般的にまるで別個の会社員であるかのように希薄である。本庁の職員が出張で出先機関に来た場合は初対面の職員も多い。そして出先機関は本庁から指示を受け業務をこなすことが殆どなので、本庁職員とのコミュニケーションを図ることが重要である。接待を通じてコミュニケーションを図る必要があるというのだ。例えば、本庁の職員が業務で釧路庁に来た場合、日中の業務を終えた後で、夜になると歓楽街で接待をすることになる。まず居酒屋で歓談をしながら二時間程かけて食事を取る。相手が無役の一般職員なら接待はそこで終わるが、係長以上の役職者ならさらにスナックに行くこともある。食事会は午後六時頃から始まり接待終了は早くても十時頃にはなる。また、課長補佐以上になると相手の様子によっては三次会へ流れることもしばしばである。そんなときは経費をどのように節約しても最低でも一人当たり二万円はかかるだろう。いつだったか、清志はその三次会を省略して、本庁の関係者から顰蹙を買ってしまったことがある。数日後に本庁の担当係長から電話がかかってきたのだ。

「水上君、あんたの接待、酷く不評だよ。あんた、そんなことでは、いつ本庁に戻れるか分からないぞ」

　電話の主は出先機関に予算を配当する権限を有する係長である。その係長の心証を害すると業務上何かと支障をきたすことになる。だからその電話に清志は強い衝撃を受けたのだ。彼は仕事がどんなに厳しくても音をあげることはなかった。だが、如才なく人をもてなさなければならない接待は苦手で耐え難いほどの苦痛を覚えたのだ。それにそんな接待に伴う不正経理にも彼は気が滅入っていたのである。加えて、不正経理による経費の捻出はこのような接待費ばかりではない。つい先日、本庁から毛蟹や花咲ガニ、イクラの醤油漬け、ホタテの燻油漬けと貝柱、北海縞海老などの水産加工品を十万円程購入し国の水産庁に送付するよう指示があったのだ。さらに本庁から、百万円の予算を追加配当するので、その半額の五十万円を本庁にキャッシュバックすることを求められた。水産物の調達は北洋の二百海里対策で苦労している水産庁に対する陣中見舞いのために、本庁が現地の出先機関に割り当ててきたのである。そして五十万円のキャッシュバックは水産庁職員のタクシー代に充てる費用である。清志は二百海里問題で日本の漁民がソ連によって北洋から締め出された漁業対策を本庁で担当していたことがある。当時も連日、水産庁の職員が北洋対策のために大蔵省と深夜まで折衝をしていた。北洋対策と言ってもその利益の殆どは北海道の水産関係者が享受する。だが、北海道が直接大蔵省と折衝するシステムはない。それで北海道の意向を受けて水産庁が大蔵省と折衝する。深夜に及ぶ折衝が数ヶ月以上続くのだ。それで北海道を揶揄して「厄介道のために何で俺たちが苦労しなければならないのだ」という水産庁職員の本音が漏れてくることもあった。水産庁の職員は終電に間に合わなくて帰宅できないこともしばしばある。だから北海道からは事ある毎に物品の贈答は勿論、北海道東京事務所の職員を通じて水産庁の職員が深夜に帰宅するためのタクシーチケットの束を手渡すのだ。また、北洋対策担当の道職員が東京に出張した際にはその度に、東京の歓楽街で水産庁の職員を接待することになる。それらの費用は関係する出先機関に予算を配当し、その出先機関が公費として支出することになる。しかし、出先機関ではこれらの費用の捻出がまた一苦労である。北海道にはこのような水産庁職員に対する贈答品やタクシーチケット購入経費に充てる予算が組まれていないからである。それで、主にカラ出張やカラ会議それに臨時職員のカラ雇用などにより費用を工面することになる。税金だから厳密には公金の違法な流用となる。いわば必要悪としてずっと以前から続いてきた役所の慣行なのである。

北海道庁で不正経理問題が表面化してから半年後のことである。その年の十月、北海道議会漁業委員会の委員一行が釧路市に来ることになった。北洋漁業調査の一環として釧路市内の水産加工場の状況を視察するというのである。漁業委員会委員は北海道議会議員で構成されている。日程は十月五日の一日間だけである。北洋主査の清志はただ一人の担当部下である片石とともに、議会議員団の受け入れについて準備を進めた。日程表の作成、議員団宿泊ホテルの手配、視察対象箇所の選定、運行バスの用意、夕食懇談会のメニューの検討、関係者の陳情会のセット、関係機関への連絡など、相手が北海道議会議員なので落ち度のないよう準備には細心の注意を要する。当日は要所要所で釧路庁長、部課長も対応することになる。清志は議員団視察の日が近づくにつれて緊張が高まるのを覚えた。それでも、たった一日のことなので大丈夫だ、と自分に言い聞かせていた。それに必要経費の支出が不正経理に手を染めることなく、全て正規な支出となるので彼の気持ちはいくらか軽くなっていた。そして、議員調査団の受け入れ準備が全て整った前日である。彼は直属の上司である水産課長に受け入れ準備の最終報告を行った。水産課長は資料に目を通しながら逐一頷きつつ清志の説明を聞いていた。しかし、説明を終えた途端、水産課長が口を開いた。

「ところで二次会の準備はどうなっているかね」

「二次会」

清志は思わず水産課長に尋ねた。

「そう、夕食懇談会後の二次会」

「本庁から配当予定の経費には、二次会分は計上されておりませんが」

「水上君、当日になって議員から、二次会の雰囲気が出てきたらどうするつもり」

「でも、不正経理禁止の折ですから、それはないはずです」

清志はきっぱりと言った。

「まあ、そうは言っても何があるか分からん。そのときは随行して来る本庁の職員にも相談することになるが、臨機応変な対応が取れるように心積もりをしておいたほうが良い」

清志には想定外の水産課長からの指示だった。彼は二次会の手配は不要だと思ったが、水産課長の強い視線を感じて、二次会ができる店のリストだけは用意しておこう、と思った。

北海道議会漁業委員会の一行は議員十名、随行が本庁の担当課長と係長の二名の総勢十二名だった。一行は午後に釧路空港に到着し、視察のために予め用意したバスに乗り込んだ。現地からは清志と担当者の片石それに水産課長が同行した。その漁業委員会の一行を大型バスに乗せ現場を案内している最中だった。議員同士の会話が清志の耳に入ってきた。

「今日の飲み会の場所はどこだ」

「幣舞《ぬさまい》グランドホテルだろ」

「それは知ってる。その後だよ、その後」

幣舞グランドホテルは議員が宿泊するホテルである。現地視察が終わってから幣舞グランドホテルで地元関係団体の陳情会が開催され、その後に漁業委員会委員の夕食懇談会が行われる。その後の飲み会と言えば、明らかに正規に組まれている日程外の行動である。清志は、やはり二次会をセットする必要があるのかな、と思った。そのときである。本庁の係長と何やら耳打ちしていた水産課長が清志を手招きした。そして、

「二次会の場所はどこになる」

と小声で清志に尋ねてきた。

「やっぱり必要ですか」

と思わず清志は聞き返した。

「本庁の指示だ。セットしてくれたまえ」

水産課長が清志に駄目押しをした。

「はい」

と清志は短く答えて、二次会の手筈をどう整えようかと思った。現地視察を終えるのが午後四時で、議員をホテルに案内し、その後、午後六時に要望陳情会を行うことになる。だから、その二時間足らずの間に二次会の場所を決めて準備を整えておく必要がある。二次会ともなれば数人の女性がいるクラブということになるだろう。最低でも十五万円程度の費用を要するだろうか。何よりも準備する時間が少なすぎる。間に合うだろうか。あれこれと思い巡らす清志に焦燥感が走った。幣舞グランドホテルに着くなり、清志は部屋への案内など議員の対応を水産課長と片石に任せて、直ぐさま二次会セットの準備に取りかかった。貸し切り可能な店を選定し、電話交渉でおおよその対応内容を決めた。そして清志が一息ついているとき、要望陳情会に出席するため釧路庁長が幣舞グランドホテルに姿を現した。それで清志は釧路庁長を控え室に案内しようとした。するとそのときだった。

「水上君、これを頼む」

釧路庁長がそう言って、清志にメモを手渡した。メモには三人の議会議員の名前が記されていた。

「彼らとはいろいろと関係が浅からずでね。明朝、私の名刺を添えて土産を届けて欲しい。品物はきみに任せる」

「はい、承知致しました」

と、清志は釧路庁長の指示に反射的に答えた。そして清志は不正経理が廃止されていないことを確信した。

その日、二次会には全員の議員が参加した。清志は幣舞グランドホテルでの陳情会と夕食懇談会が終了した後、タクシーを手配して議員たちを二次会の会場に送り出した。清志は二次会の参加を免れた。二次会には釧路庁長と水産課長、それに本庁の課長と係長の四人が対応した。正規の予算外に要した経費は二次会と議員への土産代を合わせておよそ二十五万円に及んだ。これらの経費は本庁から別途予算配当を受けることになる。その結果、これらの経費の支出は不適切な経理処理となるのだ。具体的には二次会経費などの支払いのために架空の出張などを仕立てて経費を支出しなければならない。架空の出張と言っても、書類上は自分も含めて他の職員の名前を借用して処理をすることになる。それも後日実施される監査も考慮して、矛盾をきたすことのないよう処理するには結構骨が折れるものである。清志は憂鬱な気分に襲われながらも、これまでのように淡々と処理するしかないだろうな、と冷めた気持ちで思った。

年が明けて一月下旬だった。突然、本庁の環境部長である四方靖秀が釧路にやって来た。随行者は清志の元上司である山田課長補佐である。彼らは公務で阿寒湖の環境状況を視察した後に、公務外に内密で釧路に立ち寄ったのである。それで清志が山田課長補佐の指名を受けて夜の釧路の街を案内することになった。清志は接待が苦手なことに加えて、その相手が本庁の最高幹部であることに気後れを感じていた。それに四方靖秀と言えば清志が学生のときに出会った過激派学生活動家の幹部である。接待の日が近づくにつれて、漠然とした不安に襲われた。

その夜、水上清志は四方靖秀に対する接待を何事もなく無事終えてほっとしていた。釧路の街に夜のとばりが下りた午後も四時過ぎから、四方靖秀と山田課長補佐を相手に歓楽街での接待は気疲れする長い時間だった。ホテルまで二人をタクシーで送り届けて、そのタクシーでやっと帰路に就くことができたのだ。釧路の街は既に深夜零時を過ぎていた。冬の凍てついた路面に不規則に張り付いた氷のせいでひっきりなしにタクシーがガタガタと揺れる。清志はタクシーに激しく揺られながら、それにしてもタクシードライバーはなんて無愛想なんだろう、と思った。要所要所で道順を告げても彼からは返事がない。ただ無言のまま走らせるばかりだ。タクシーは街の繁華街を過ぎて漸く郊外の住宅地に着いた。人通りも殆どない。黒い路面をタクシーのライトが照らす。釧路は冬でも降雪が少ない。それで雪ではなく硬い氷が路面のところどころを覆っている。釧路の夜はやたらに凍てついているのだ。

「あっ、ここで」

と清志が降車を告げた。タクシーが急停止した。二階建てのアパートの前である。古いコンクリートの建物が仄暗い街灯の光に寒々と浮かんでいる。釧路庁の職員公宅だった。清志はタクシーチケットをドライバーに手渡して車から降りた。その途端、彼は刺すような冷気に晒された。逃れるようにキンキンと音を立てて鉄製の外階段を駆け上がった彼は玄関ドアの前まで来て大きく息をついた。それから慌てて鍵を開けた。勿論、室内は真っ暗である。手探りでスイッチを押して電灯を点けた。いつも見慣れた相も変わらぬ台所付きの六畳二間の殺風景な部屋だ。昼間、誰もいない部屋は思い切り冷え切っている。彼は灯油ストーブを点火し古びた食卓の椅子に腰を下ろした。そして食卓の上に無造作に置いてあるウイスキー瓶に手を伸ばした。一応特級ではあるが高級品ではない。彼の気持ちは弾んでいた。それは来客である四方靖秀と山田課長補佐の接待を無事終えた安堵感のせいばかりではない。彼は接待中に山田課長補佐から人事異動の朗報を得たのである。それは四方靖秀が小用で席を外したときだった。

「水上君、四月の定期異動で本庁に戻れるよう取り図らうよ」

と山田課長補佐が囁くように言ったのだ。思えば本庁勤務を経て釧路庁に配属になってからもう五年が経っていた。妻を札幌に残しての単身赴任生活にもそろそろ耐え難くなっていた。山田課長補佐の囁きから清志にとって心地好い余韻が持続している。彼はウイスキーをグラスに注いでそのまま一気に飲み干した。そして思った。それにしても今回の接待費は幾らぐらいかかったのだろうか。自分を入れて三人、飲酒も含めた夕食とスナックバーそれにクラブでの飲み代など、およそ十万円程にもなろうか。山田課長補佐からは粗末な接待とならぬように、と何度も念を押されていた。それで夕食には和食のカニ料理専門店、二次会は高級感が漂うスナックバー、打ち上げにはクラブを選定したのだ。結果的に四方靖秀は満足していたようだった。接待の折、清志は十数年振りに会った四方靖秀をそれとなく観察した。四方にはかつての精悍さは残っていなかった。体全体がふっくらとして太ったせいであろうか。ただ、目つきだけは昔のようにどこか棘があった。それでも四方は夕食には豪快にカニを頬張り、スナックバーやクラブでは、酔った目を細めて、

「貴女のように可愛い人に会えて、釧路に来た甲斐があった」

などと、女性たちと他愛もない会話を楽しんでいたのである。

思えば今年度は本庁からの来客も多く北海道議会漁業委員会一行の視察もあった。それらの来客などに伴う経費は接待費やら土産代まで含めて百万円は軽く超えただろう。これら経費に充てる収入の目処は十分ついている。これまでの本庁からの予算配当に加え、今後の追加配当の内示も受けているのだ。問題は予算の支出である。昨年秋の漁業委員会の視察に伴う経費を含めて未だ五十万円以上も未支出である。いずれにしても早く決着をつけなければならない。架空出張など、また架空支出に際し課員たちの協力と了解を得なければならないだろう。清志は難儀なことだ、と思って溜息をついた。

三月、年度末の月である。清志は経理簿を点検していた。漁業委員会視察に伴う二次会でのクラブ接待経費、本庁などの職員が来庁した際の接待経費が未支出となっている。これらの経費は当然のことながら正規に予算化されていない。それゆえこれらの経費支出は不正支出となる。そのうち予算執行上の関係から最も多用されているのがカラ出張である。そして、その手続は最初に出張者、業務内容、期間、場所を特定し旅行命令簿を作成する。それから後日その命令簿に基づいて出張経費を支出する。出張命令受命と出張経費受領の際には本人の印鑑を押印する。支出された経費である現金は一時的に別途保管管理し、必要に応じて関係先にその現金が支払われることになる。支出経費が多額に及ぶと、特定の者を一ヶ月間毎日出張させたとしても、カラ出張の対象に掲げることができる者が不足する。それで止むなく本人の承諾を得てカラ出張に他の係員の名前を借りることもある。清志の場合がそうだった。接待経費が多額だったので、十一月から三月まで出勤簿が出張で埋め尽くされていた。しかし、それだけでは十分な経費を捻出することができなかったので、異例なことだったが水産課長の名前も借りたうえ、数名の他の係員の名前も借用することとなった。やむを得ないこととは言え、他の係員に名前を借用するにはやはり気がひけるものだ。それで清志が悩んでいたのは直属の部下である片石担当者の扱いだった。片石は潔癖性で融通が利かない。何事も法令遵守一辺倒である。特に公費の取り扱いについては厳格を極めていた。片石は職場の中では変わり者、偏屈者と陰口を言われているのだ。それゆえ、正規に予算化されていない接待経費捻出のために、片石が彼の名義貸しなどするはずもないのである。だが、今回の多額に及ぶ経費の支出には課員で依頼できる名義は全て借り尽くしている。清志は仕方なく片石にカラ出張に名義を貸して欲しい、と頼み込んだ。

「とんでもない。そんなことできません」

片石は即座に拒否をした。

「円滑な行政運営のために皆やっていることだよ」

清志は片石の視線を真正面に受け止めて言った。

「カラ出張で支出した金を接待費に充てるのは明らかに法違反。俺はそんな悪には手を貸せないよ」

「接待費は実際には必要なんだよ。それを予算化しないから形式的には手続違反となる。そこのところは目を瞑って、お願い、頼むよ」

「それは屁理屈、駄目なものは駄目」

片石は強い調子できっぱりと拒否をした。どのように清志が説得しても片石は頑として応じようとはしなかった。清志は片石に対する説得を諦めた。その途端、年度末が明けた四月の人事の季節に思いを馳せた。……今度こそ念願の本庁に転勤ができるだろう。本庁に転勤になれば片石と離れることになる。扱いの難しい片石とのつきあいもあと少しの辛抱だ……と清志は思いながら片石の強張った顔を見詰めていた。

五

本庁の環境部長、四方靖秀が釧路を来訪した年の四月に清志は念願が叶って本庁に転勤となった。彼にとって五年振りの本庁勤務である。釧路から札幌に転勤した彼の日々は満ち足りていた。本庁勤務によって、これまで諦めていた幹部職員登用への道が再び開かれたのだという思いが彼の内部で膨らんでいた。それに何よりも妻の玲子《れいこ》との生活が新鮮だった。帰宅しても人気のない真っ暗な部屋に寂寥感を覚えることもない。いつも玲子が早めに職場から帰宅して食事の用意も調っているのだ。彼にとっては何よりも妻の玲子といつも一緒に過ごす日々が新鮮で満ち足りていた。二人の住まいは中古マンションだが既にローンの支払いも済んでいる。当分は落ち着いた、そして充実した生活が享受できるはずだ、と彼は至福なひとときを噛みしめていた。だがそんなとき、彼はふと緑野の両親を思い浮かべ、彼らの行く末をあれこれと思い悩むことが多くなった。彼らはもう六十を過ぎて農作業を続けるには体力的に限界が来ていたからである。いずれは彼らの面倒を見ざるを得ないだろう、と漠然と思っていた。思い倦んだある日のことだった。「いずれ緑野の両親を札幌に呼んで一緒に暮らしたい」と清志が玲子に同意を求めてみた。

玲子の反発は予想以上だった。二人の平穏な日々が急に危うくなったのだ。

「私は嫌よ、唐突にそんなこと、私にとっては想定外のことよ」

玲子は清志の申し出を強く拒絶した。

「だけど、父母はもうすぐ働けなくなる。今なら父母の蓄えを新築住宅の資金に充てることができる」

「私は今住んでるこの中古マンションで十分よ。それに私、貴方の両親のために共働きしているわけではないわ。私たち二人の将来のために必死なのよ」

「それは分かるけれど」

「ううん、分かってなんかないわ。とにかく、貴方のご両親と上手にやっていく自信がないわ」

玲子は強い口調で言い放った。清志はそんな玲子に対して、田舎で両親に生活保護を受給させるわけにはいかないこと、両親に生活費を支援するより一緒に住んだほうが経済的に有利なこと、札幌では両親もそれなりの仕事に就けること、などを述べて説得した。しかし玲子は納得しなかった。

「私は何故、貴方と結婚したのかしら」

「何故って」

と言って清志は怪訝そうに玲子を窺った。

「貴方、何故私と一緒になったの」

「そんなこと、今さら」

「あら、私は貴方に期待したのよ」

「期待」

「エリートの噂が高かったじゃない」

「エリートか」

清志が自嘲的に呟いた。

「それが何よ、貴方って意外と駄目なんだから。それが貴方のご両親の面倒まで見るって、華麗なる人生の期待も台なしだわ」

玲子は笑いながら喋っていた。それは明らかに冷笑だった。清志は玲子の前で言葉をなくしていた。ただ、何故玲子と結婚したのだろうか、という思いが清志の頭の中で空回りしていた。玲子は色白で美形だ。役場の幹部職員の娘である。そして大卒で民間の商社に勤めている。二人の生活をエンジョイしようということで子供はつくらないできた。そんな玲子にただ豊饒な日々を希求していたというのだろうか。そのとき何故か不意に綾野純子を思い浮かべた。そして玲子は純子とは異なる女だ、と清志は思った。沈黙が清志と玲子を支配した。二人の間に気まずい溝ができてしまった。

清志が四月に釧路から札幌に転勤してきた半年後の十一月だった。ある日彼は全く予期しなかった苦境に陥ることになった。それは彼が新聞記者から思いがけない取材を受けたからだ。

取材内容は清志自身が関係した公費の不正経理だった。彼はまんじりともせずその夜を過ごしていた。一晩中、彼は頭の奥底がじんじんとして目が冴えた。言いようのない不安感で息苦しくなった。彼はときどき目を閉じて寝つこうとしたが徒労に終わった。それで何度も寝返りを繰り返すこととなった。そのうちに彼は息苦しくなり堪らずにベッドから身を起こした。昼間、職場に訪ねて来た新聞記者が鮮明に蘇ったのだ。

その日の午後二時頃、見慣れない痩せた背の高い若者が職場に清志を訪ねて来た。その若者は清志のデスクに歩み寄るなり黙って名刺を差し出した。清志はその名刺を受け取った。その若者は北海新聞の記者だった。思わず清志はその記者を凝視した。眼前に探るような記者の視線があった。一瞬、清志は訳もなくたじろいだ。するとその記者が言った。

「これを見てください」

その記者は一冊のノートを清志に突き出した。

「覚えがありますか」

記者に促されて清志はそのノートを手に取った。そしてノートをめくってみた。するとノートの中に数枚の紙が貼り付けてあった。清志はそれを見て「あっ」と声をあげそうになった。清志が接待費の支払いに使用していた裏帳簿の写しだった。何故、前任地で処理していた裏帳簿の写しが記者の手にあるのだろうか、と清志は呆然として記者を見た。

「ここで、お話しして宜しいですか」

記者は周りを見回しながら丁重な口調で言った。周囲の職員たちは記者に無関心なようである。彼らは黙々とデスクに向かって業務に取り組んでいた。

「そうですね、向こうのコーナーで」

清志は衝立で囲われた課内の打ち合わせコーナーに記者を案内した。

「これは公費の不正経理、いわゆる裏帳簿ですね」

記者がパイプ椅子に座るなり机の上に置いた帳簿を指差して尋ねた。清志は返答に窮して記者を見た。清志と机を挟んで真正面に探るような記者の視線があった。記者は二十代後半、細身で度のきつい眼鏡を掛けている。清志は少しばかり平常心を取り戻した。裏帳簿は前任地における本庁職員に対する接待経費関係が記されている。裏帳簿の中身に触れれば当時の接待相手にも迷惑をかけることになる。その接待の相手に現在の上司も含まれている。安易に裏帳簿を認めることはできない。そう思った清志は意を決して記者に言い放った。

「コメントを控えさせていただきます」

清志の声はやっと聞き取れるほどの小声だった。

「えっ、どうしてですか」

記者の顔つきが険しくなった。

「少し考えさせてください」

清志は記者に答えながら、上司にも相談する必要があると思ったのだ。それで記者には具体的な返答を避けようと覚悟を決めた。

「ニュースソースの明示について、情報の提供者から了解を取っています。その方は貴方の前任地で部下だった片石さんです。片石さんは不正経理を知っていて黙認することが耐えられない、と言っておりました。これは良心の問題ですよ」

記者の口調が説得調になってきた。記者から片石の名前が飛び出したので清志は愕然とした。

「とにかく、明日まで待ってください」

清志は頑なになって言った。

「困りましたね。でも、裏帳簿の事実を否定はしないのですね」

記者は執拗だった。それでも清志は頑として記者への返答を避け続けた。

「貴方のコメントがなくても、この件については記事にするつもりです」

記者はそう言って駄目押しするように清志のコメントを要求した。二人は何度か堂々巡りの遣り取りをした。すると記者は諦めたのか、急にパイプ椅子から立ち上がって無言のまま立ち去って行った。

記者が部屋から姿を消して直ぐ、清志は上司の山田課長補佐に北海新聞の記者に取材を受けたことを報告した。その一部始終を山田課長補佐は困惑した表情を浮かべ黙って聞いていた。その山田課長補佐が不意に清志の報告を途中で遮った。

「水上君、その裏帳簿、いつ頃のものなの」

山田課長補佐の探るような目の色だった。

「昨年の四月から今年の三月までの一年間です」

「内容は」

「主なものは北海道議会の漁業委員一行の視察に伴う接待費と、本庁職員に対する接待費関連の経費です」

「我々の分も含まれるのか」

「と言いますと……」

一瞬、清志は言葉を詰まらせた。山田課長補佐が言った質問の意味がよく分からなかったからだ。

「一月下旬に、四方部長と私が釧路に行ったでしょう」

「あっ、それも含んでいます」

「それはまずいな、支出は旅費か」

詰問するような山田課長補佐の口調だった。

「カラ出張で殆どの経費を捻出しました」

「そうか」

と山田課長補佐が言って溜息をついた。一瞬、二人の会話が途切れた。山田補佐は困惑しているようだった。

「取材の記者は道庁記者クラブ所属の記者だろう」

「そうだと思います」

そう言って記者の名刺を山田課長補佐に手渡した。

「彼らだって、道職員の接待で飲み食いしているのに、それも公費で」

山田課長補佐が記者の名刺を見ながら言った。

「山田課長補佐、だからと言って、彼らは記事にするのをためらいませんよ」

「これは手の打ちようがないな。まあ、出たとこ勝負といくか。何はともあれ水上君、きみ自身が防波堤になるしかないよ」

山田課長補佐が真顔で言った。

「えっ」

と清志が思わず聞き返した。

「我々は関知しない、水上君が我々に累が及ばないようにするということ。取り敢えず俺は上のほうに状況を報告しておく」

そう言うなり、山田課長補佐はいきなり席を立った。明らかに山田課長補佐は逃げ出したのだ、と清志は思った。その場に一人取り残された清志はいたたまれない焦燥感に襲われた。不正経理そして裏帳簿の件が報道されたらどうなるのだろうか、と思ったのだ。その瞬間、清志は初めて不正経理を意識した昔の記憶を思い起こした。そして、あれが全ての始まりなのだろうか、と悲痛な思いに囚われたのだ。

それは清志が北海道庁に採用された年のことだった。年間のうちで、三月の年度末は通常の月よりも支出事務が数倍も増加する。役所の事業年度は四月から翌年の三月までの期間である。そしてその年の予算の支出は年度が変わる前の三月末までに処理をしなければならない。新年度の四月からは旧年度の予算を新たに支出することができなくなる。それで職員たちは年度末の三月になると、その年度の予算を全て年度内に消化しようとして多忙を極めるのだ。彼が道庁に採用されたとき網走庁に配置された。予算配当の権限を有する本庁は本庁で年度内に消化しきれなくなった過剰な予算を二月を過ぎてから出先機関にどっと配当することがよくあるのだ。それで出先機関では三月末までの短期間のうちに過剰に物品を購入したり、過度な出張をしたりすることになる。彼が勤務していた網走庁も出先機関であるがゆえに例外ではなかった。そのとき彼は課内の文書収受や支出事務など雑務を担当していた。それで三月も間近になると彼は連日のように事務処理に追われることになった。

そんな三月の初旬だった。彼は通常の勤務時間を過ぎて夜になってから、大量の支出伝票を抱えて決裁を受けるべく会計課の事務室に行った。彼が会計課のドアを開けて室内に足を踏み入れるなり、数人の会計課の職員が一斉に彼を見た。

「おい、若いの、こっちへ来て一緒に飲めよ」

と会計課の職員のうちの一人が清志に声を掛けてきた。思わず声の主を窺うとデスクワークに取り組んでいる者はいない。会計課の職員数人が石炭ストーブを取り囲み折りたたみ椅子に腰掛けて雑談をしていたようだった。石炭ストーブがゴウゴウと音を立てて燃えている。よく見ると彼らは床に日本酒の一升瓶を立ててコップ酒を手にしている。それは透明な一合のガラスコップである。彼らの顔が赤らんでいる。酔いのせいなのか、それとも燃え盛るストーブの熱のせいなのか、そう思って清志が部屋の柱時計を見ると夜の十時を過ぎていた。彼らは仕事も一段落して一時飲んでいるようだった。清志は職場内でアルコールを飲むことに抵抗感を抱いていた。

「新米さんよ、年度内の予算消化に目処はついたかな」

「はい、どうにか」

半ば冷やかし気味の問いかけに清志は真顔で答えた。

「書類は俺の机の上に置きな。まあ飲めよ」

年配の担当主任が傍らにあった湯呑み茶碗を突き出した。一瞬、清志はためらった。

「飲めよ」

湯呑みを突き出したままその年配主任が言った。

「まだ残務整理がありますので」

清志が遠慮がちに断った。

「あまり堅苦しいこと、言いなさんなって」

「でも、職場内ではどうも」

「何故だよ」

と年配主任が言いながら怪訝そうに清志を見つめた。石炭ストーブを囲んで酒を飲んでいた他の会計課の職員も興味深げに二人の遣り取りを注目しているようである。清志は覚悟を決めて本音を言った。

「その酒、公費で調達したんでしょう。本を正せば税金では」

瞬間、年配主任がぎょろりと清志を睨みつけた。

「やっぱり、ベトナム反戦ストに参加したエリートさんだね、ご立派そのもの。では、今、きみが持参してきた経理伝票はどうかね。不要な出張なんかが紛れていないかな」

年配主任の言葉に清志は返答に窮した。年配主任が指摘するとおり、伝票の中には半ば慰労とも言える出張旅費が数件含まれていたからだ。それらは恒例となっている年度末の慰労の色彩が濃い現地視察名目の出張だった。それらの出張は残業してもその残業経費が予算化されていないため、その代替えとする意図も含まれていた。

「まあ、いいさ、今、俺たちが飲んでる酒は庁舎管理費の燃料費だ。ストーブで外から暖めるか、酒で体内から温めるかの違いだ」

と言って年配主任が清志に湯呑み茶碗を無理やり手渡して、一升瓶の冷や酒を並々と注いだ。

「一人前になるには応用力が肝要だ。まあ、飲みなよ、伝票チェックは俺に任せておきな」

周りの会計課の職員たちが清志をじっと観察していた。清志は仕方なく湯呑みの酒に口をつけた。


事の始まりはあの一杯の湯呑み茶碗酒を飲んだことだったのだろうか。それにしても、あのとき年配主任の強要を拒否することはできなかっただろうな、と清志は当時を思い返して深い溜息をついた。北海道庁ばかりか全国どこの役所でも大なり小なり接待費用捻出のために公費の不適切な支出が行われているはずである。それはいわば役所常識と言っても良い。茶碗酒を拒否することは片石のように役所内で孤立することになる。清志はあれこれと思い巡らせているうちにいつの間にか少しうとうととしていた。どれほど経ったのか、不意に「ガタッ」という音で飛び起きた。音は戸外だった。カーテンの隙間から僅かに外の薄明かりが届いている。夜が明けつつあるのだ。朝刊が配達されたに違いない。毎日、早朝の五時には配達される朝刊が届いたのだ。彼はそう思って慌てて玄関まで朝刊を取りに行った。そして朝刊を鷲づかみにしたまま社会面の大見出しにさっと目を通した。「道職員、またもカラ出張」彼の目に衝撃的な活字が飛び込んできた。瞬間、動悸が激しくなった。やっぱり記事は朝刊に出ていた。それは紛れもなく清志自身のことだった。昨日、新聞記者から取材を受けた内容の記事だったのだ。

「貴方、どうしたのよ、随分と早いのね」

寝室から玲子の声がした。

「いや、目が覚めてね」

彼はさりげなく平静を装って言った。


翌日から清志の不正経理に関する新聞報道のキャンペーンが続いた。

「架空出張十一件、総額約三十万円が不適切な官官接待費として浪費」

「東京、静岡五日間の出張日程を実際は三日間の日程に短縮するも出張旅費の返還なし」

などと、カラ出張に端を発して接待に要した費用の不適切な支出が繰り返し報道された。清志の実名入りだった。報道があった最初の日から、清志の職場では山田課長補佐が中心となって環境部の幹部たちが報道や北海道議会対策について検討を重ねているようだった。その検討に清志は外されていた。数日間に及ぶ報道に北海道議会の議員も関心を示し始めていた。それに職場内では重苦しく緊張した空気が張りつめて、職員たちが清志を避けて話し掛けなくなっていた。彼は身の置き場がなくなっていた。完全に孤立してしまったのだ。同時にいつの間にか犯罪者になったような心境に追い込まれていた。また家庭内では玲子が青ざめた顔で寡黙になっていた。一連の報道で玲子は周囲の冷ややかな視線に打ちのめされているのだった。

そんなときだった。清志は山田課長補佐に呼び出されて部長室に連れられて行った。部長室には数人のトップ管理職が待ち構えていた。清志が入室するなり彼らは一斉に鋭い視線を浴びせた。部長の四方靖秀は腕組みをしたまま険しい顔つきで清志を見据えた。その四方部長を真ん中にして吉田次長と経理担当課長、それに清志の上司である総務課長がソファに座っていた。吉田次長は清志が網走庁勤務時に、ベトナム反戦ストに参加して叱責を受けた当時の企画課長である。清志は思わず彼らに深々と頭を垂れて一礼をした。山田課長補佐が清志に着席を促した。そこはテーブルを挟んで四方部長たちの真正面に位置するソファだった。着席した清志に強い緊張感が走った。

「水上君、用件のみ言います。一連の報道のことです。困りましたね」

吉田次長が口火を切った。

「申し訳ありません」

清志は呟くように言った。

「謝られてもね。それで、どう対処するつもり」

「はっ、はい」

と、清志は吉田次長の言葉の意味が呑み込めず、どぎまぎして言葉を切った。

「報道はまだ続くよ。道議会も動き出す。来週には道議会から資料要求もあるだろう」

「私、どのように対処したら宜しいでしょうか」

清志は途方に暮れて言った。

「我々にも分かりません。ただ、この問題の本質は何だと思います」

「あの、公費の流用は一般的に行われています。私は個人的に資金を一円足りとも使用しておりません」

「水上君、そんなことは当たり前だよ。問題はきみが係長として、あの偏屈で有名な片石君に対して、無防備だったということですよ。きみが係長としての管理義務を怠っていた。それが問題なのだよ。こんなこと分からんかね。全ての責任はきみにある」

吉田次長は急に声を荒げて断言した。清志は混乱し返す言葉も見つからなかった。

「水上君、部長も困っている。部長は国のお役人だから、経費の流用で接待が行われていることは全く知らなかったからね」

「吉田さん、そのことは良いですよ。まあ、水上君のお世話になった私が迂闊だった、ということでしょう」

四方部長が初めて口を開いた。

「経費流用の相手先として、部長の名前が挙がっては申し訳ないよ。水上君、いずれきみも道議会から質問を受けることになるが、どうするつもりかね」

吉田次長の詰問は厳しさを増してきた。それに清志を凝視している総務課長や経理課長の視線も彼を極端に萎縮させていた。

「あの、私に何ができるでしょうか、教えてください」

追い詰められた清志がやっとそれだけを言った。

「そんなこと言われても、解決策がなくて我々は困っているの、まさか水上君に役所を辞めてくれとも言えないし」

「辞める」

意外な吉田次長の言葉に清志は思わず声高になった。

「まあ、あくまでも仮定の話だが、水上君が辞めることになれば、道議会の追及もなくなるだろうし、報道も下火になるだろうね」

清志には想定外の吉田次長の言葉だった。瞬間、吉田次長の口元が心なしか緩んで見えた。

「水上君、いずれにしても何がベストか、まず原因者のきみが考えてくれたまえ。勿論、我々もさらに検討を重ねるよ」

と言ってから、吉田次長が清志に退席を促した。


その日、清志は疲れ切って自宅に帰ってきた。自宅のマンションの窓には明かりが点いていなかった。玲子が職場からまだ帰宅していないのだ。彼が玄関ドアを開けると部屋は真っ暗である。それで彼は室内の電灯を点けた。その瞬間、テーブルの上の白い便せんが目に留まった。それは玲子からの伝言メモだった。「暫く家を空けます」とだけ記されていた。玲子の行き先は書かれていなかった。彼は急に脱力感を覚えた。ダイニングルームの中ほどで呆然と立ち尽くした。彼にはそのダイニングルームの空間が何故か妙に空疎で殺風景に思えた。そのとき、彼は玲子がぽつりと一言漏らした言葉を思い出した。それは不正経理を巡る報道が開始されて間もなくだった。

「貴方のせいで、職場で私は針のむしろよ」

玲子の声は冷めていた。玲子が発した言葉は清志の胸に突き刺さった。彼は次の玲子の言葉を待ち構えた。しかし、それっきり玲子は口を閉ざして一言も話そうとしなかった。それ以来二人の間には会話が途絶えてしまったのだ。彼は玲子の恨みがましい眼差しを思い浮かべた。玲子の苦悩が彼に迫ってきた。彼はいたたまれなくなって意味もなくダイニングルームの中をぐるぐると歩き回った。その最中だった。電話が鳴った。彼は慌てて受話器を取った。それは玲子ではなかった。緑野の母からの電話だった。突然、隣家の綾野純子の夫が農作業中に不慮の事故で死亡した、と言うのだ。母の声は興奮で震えていた。

「清志、何とか葬儀に出られないかね」

「母さん、いろいろあって、それは無理だよ」

不正経理の報道以来、緑野の父母とはときどき電話で話をしている。だから清志が直面している状況は父母も理解しているはずである。ただ、父母は日常的に純子たちの世話になっていたので、自分にも葬儀に出て欲しいのだろう、と彼は思った。直ぐに母の電話が切れた。玲子の家出に加えて、純子の夫の事故死に直面し彼は虚ろになった。そして彼は訳もなく混乱した。

その混乱の中で突如「辞職」という言葉が彼に迫ってきたのだった。

六

清志はバックミラー越しに自分の顔を見てドキッとした。間もなく六十歳を迎えようとするタクシードライバー、それも年収二百二十万円足らずの貧困生活者で、未来に夢を持ち得ない無気力な初老の男やもめの顔がそこに映し出されていた。二〇〇一年、やっと春を迎えたというのに紛れもなくこれが自分自身なのだ、と彼は自嘲気味に薄笑いを浮かべた。すると彼に自責の念が湧き起こってきた。それは十五年前に彼が道庁を辞めたことへの後悔だった。公費の不正経理問題で世間から非難の嵐に晒されたあのとき、じっと耐え忍び道庁を辞めるべきではなかったのだ、と彼はしみじみ思ったのだ。彼が道庁を辞めてから七年後の一九九三年、役所の裏金による不正経理問題は都道府県ばかりでなく国の機関にまで及ぶ全国的な問題として浮上したのだ。役所に対する情報公開制度ができたため、日常茶飯に行われていた役所の裏金作りが世間に明るみになったからである。しかし、マスコミで非難の的にされたのは個々人ではなく役所の組織それ自体だった。それゆえ、役所の裏金作りに関係する不正経理問題で役所を辞めた職員は殆どいなかった。また当時、全国的に常態化していた裏金作りの必然性を次のように論評した論者もいた。

「役所の予算は単年度主義など硬直化で必要な部門に的確に予算を投下することが困難になっていることがしばしばあり、出張費、消耗品費など他費目名義の予算を経理の不当操作によって裏金化して必要な費目へ充当化することは常態化し、事実上こうした不当操作を行わなければ業務が回らなくなっていたためにしばしば発生していた。しかしこのことは事実上の横領、背任行為または詐欺行為である。にも拘らず彼らはそのことを殆ど認識していないのだ」

つまりこの論評は、十五年前以前の裏金作りは全国的に常態化し誰もが手を染めていた論拠を示したのである。だから清志は十五年前の不正経理問題で自分だけが個人的に猛烈なバッシングに遭ったことを腹立たしく思い返したのだ。あのとき誰一人として自分に救済の手を差し伸べてくれることはなかったのだ。それだけではない。役所の裏金作りが不正経理として指弾されてから九年後、事もあろうに今度は警察機関で不正経理が明るみになったのである。その際も組織が批判されても個々人が辞職するということはなかった。それなのにどうして自分だけが道庁を辞める羽目になったのだろうか、と彼は当時を思い返した。あのとき、彼はマスコミから公費の不正流用について集中攻撃を受け、職場では孤立して居場所を失ってしまった。それに妻の玲子は彼を見捨てて家を出て行った。自暴自棄になって道庁を辞職したとき、清志は緑野に帰郷しようかと思ったりした。彼の両親から話が持ちかけられたのは丁度そのときだった。綾野純子と再婚して緑野で暮らすことを勧めてきたのだ。当時、事故で夫を亡くして間もない純子は母親も既に他界し、妹も嫁いで一人きりになっていたのだ。確かにその当時、畑作の機械化を導入していた純子と再婚まではしなくても、共同経営をすればお互いの生活が成り立つはずだった。それに夫を亡くした純子も離農しなくても良かったはずである。しかし、彼は緑野に戻ることを拒絶した。彼は不正経理で道庁を辞めたばかりだったので、田舎の緑野で好奇な視線に晒されるのが耐え難かったのだ。それで結局、彼はタクシードライバーになったのだ。

彼は自分の先行きを思った。もう自分の未来に飛躍は皆無である。後は年金が受給可能となる時期までタクシードライバーを続けるだけである。それで何とか老後の暮らし向きは成り立つはずである。それで我が人生は終わりを遂げる。それも独り身で子供もいない。清志の思いは止めどなく悲観的になって、彼のうちを浸食する虚しさに苛まれるのだった。

その年、札幌は夏も終わりだというのに暑い日が続いていた。街は夕方に差し掛かっていた。清志はビジネス街の一角のタクシー乗り場で三十分程も客待ちをしていた。客待ちのタクシーは十数台がずらりと列をなして待機している。夕方だというのにタクシー乗り場にはまだ直射日光が降り注ぎ、照り返すアスファルトの路面の熱気が立ち込め、外気は異常な高温になっていた。それで彼は冷房を効かせたタクシーの運転席でじっと客を待ち続けていた。やっと彼は客が乗車する先頭の待機位置に辿り着いたそのときだった。助手席のドアをドンドンと叩く者がいる。反射的に音のするほうへ視線を走らせた。すると女連れの男が車内を探るように覗き込んでいた。大柄で太った年配の男である。彼はふとその男をどこかで見かけたような気がした。その男が清志に話し掛けてきた。

「運転手さん、もしかして水上君じゃない、昔、道庁で一緒だった」

突然の問いかけに彼は思わず「えっ」と言って、その男の顔を凝視した。

「お忘れかな、私、当時、環境部長だった四方ですよ」

清志は「あっ」と声をあげそうになった。彼は「これは」と言いながら慌てて車のドアを開けて外に出た。

「部長、どうも失礼しました」

清志は深々と頭を下げた。

「やっぱり水上君か、どうも似ていると思って、さっきから観察していたの。車に乗って良いかな」

四方靖秀は笑顔で言った。四方は昔より随分太って腹も突き出て見える。その四方の傍には厚化粧の妙に艶っぽい女が立っていた。

「部長、どうぞ、お乗りください」

清志は素早く客席のドアを開けて丁寧に一礼をした。四方は同伴の女を先に車に乗せた。それからゆっくりと車に乗り込んだ。

「まず、中島公園に、彼女はそこで降りる。それから私は旭が丘まで」

「かしこまりました」

清志が丁重に答えて車を発車させた。すると直ぐに四方が話し掛けてきた。

「私も数年前に役所を辞めてね」

「はあ、今はどちらに」

「それが、ねえ、北海道くんだりまで来て、林業関係の公社なの」

「天下りですか」

「まあ、ね」

「それは凄い、流石に高級官僚ですね」

「なに、それほどでも」

と四方は満更でもなさそうに言った。そして続けた。

「ところで、水上君、道庁を辞めてからずっとこの仕事」

「はい」

「あのとき、退職金は出たのかね」

四方が興味深げに聞いてきた。

「まあ」

「不躾ながら、退職金の額は」

「ほんの少しです」

「そうか、勤続年数も短かったものね」

四方が事務的な口調で言った。

「あら、貴方の退職金は六千万円程だったかしら」

思いがけず、女が口を挟んできた。清志はバックミラー越しに女の顔をちらっと見た。妖艶な感じの四十代後半の女に見えた。四方は女の言葉には答えず、清志に重ねて聞いてきた。

「今の給料は如何ほど」

清志は四方の問いかけに苛立っていた。人を小馬鹿にしたような響きがあったからだ。

「手取りで十五万円程です」

清志は開き直って答えた。

「えっ、そんなに少ないの。それでは生活が大変だ」

四方の言葉には遠慮がない。そのとき、また女が喋った。

「あら、貴方の月収は幾らでしたっけ」

女の口調にもどこか揶揄したような響きがある。

「まあ、年間二千万円程度かな」

四方が事もなげに言った。

「私とは別世界ですね。いざというときには、四方様を頼りにします」

清志が自虐的に言った。

「あら、それは困りますわ。あたしに影響いたしますことよ」

女がそう言って口元に片手を当てて声を立てて笑った。

「ドライバーさん、靖秀さんよりずっと男前ですのに、お金に不自由ではあたし、乗り換えることもできやしないわ」

女は四方に向かって話しているが、それは清志に対するあからさまな嘲笑だった。いつしか清志のうちに怒りが蓄積していた。女の住まいは中島公園近くの十階建てのマンションだった。四方は女と一緒にそのマンション前でタクシーを降りた。降りがけに女が、「あたし中園華子《なかぞのはなこ》、宜しくね」と言って清志に名刺を差し出した。彼は反射的に女の名刺を受け取った。それはスナック・バー「紬《つむぎ》」の経営者、ママの名刺だった。

「ドライバーさんの名刺、頂けないかしら」

突然の女の要求に清志は慌てて業務用の名刺を手渡した。そんな遣り取りを見ていた四方が言った。

「十五分程で戻る。それから旭が丘の拙宅まで頼む」

四方は清志の返事を待たずに女と連れ立ってマンションに消えて行った。

四方靖秀は女のところからなかなか戻って来なかった。清志は待ちくたびれて苛立ちが募りつつあった。日が沈んで西の空が赤く夕暮れが迫っていた。彼は車の傍らに立ち尽くしていた。三十分以上も経って漸く四方がマンションから姿を現した。

「やあ、遅くなって悪い。彼女が離してくれなくってね」

得意気な四方の口振りだった。清志は黙って車のドアを開けた。四方は女の部屋で酒でも飲んできたのだろうか。車に乗り込む足下が少しふらついていた。四方は上機嫌のようだ。

「素敵な女性ですね」

清志はお世辞のつもりで言った。

「まあ、ね。ところで水上君は女性のほうはどうなの。第二夫人なんかは」

「こんな体たらくですから、全く縁がありません」

「水上君、きみ、道庁を辞めたからだよ、あのときどうして辞めたの」

「どうしてって」

四方の意外な言葉に清志は一瞬息を呑み込んだ。

「水上君は道庁職員の中でもキャリア組だったんだろう。都京大法学部事務局に勤務しながら立志館大の夜間部卒。それで私は水上君と一度、都京大の事務局で対面したことを思い出してね」

「何故、そんなこと……」

と清志は言い淀み思わずバックミラー越しに四方の顔を見た。四方は平然としている。

「あの不正経理騒動のとき、水上君の経歴をじっくり調べさせてもらったの。都京大法学部事務局と言えば、私が学生時代に随分と縁があったからね。それにしても、水上君はあまりにも通俗的だな」

「通俗的」

「あの報道で水上君はプレッシャーを受けた。だが当時、不正経理は役所にとって必要な措置として一般的に行われていた。勿論、形式的には法違反であることを否定はしないが、実質的には問題なしとして、水上君は世間の批判が収まるのを耐えて待つべきだった」

清志は半ばあきれて四方の話を聞いていた。あのとき、四方は自分を辞職に追い込んだ主要な一員だったからである。

「でも、私も大口は叩けないよ。水上君、私が退職後に何故、北海道くんだりまで来たと思う」

「さあ……」

と清志は言って返答に窮して口を噤んだ。

「私は省庁の事務次官レースに敗れてね、つまりは、敗者の成れの果てということなの」

「まさか、貴方が敗者だなんて」

清志が思わず言った。

「学生のとき、私は過激派の活動家でね、水上君、知ってました」

「まあ、何となく」

清志は曖昧に答えた。

「我々は常識的な全ての価値観を否定していた。水上君、分かりますか」

「はあ、私には、どうも」

「まあ、私はアナキストだったからね。それもどちらかと言えば、社会主義に傾倒はしていたが」

「それは、また、どうして」

清志は興味深げに尋ねた。

「帝国資本主義はヒトラーの大量殺戮やアメリカの原爆投下に行き着いた。つまり、これは資本主義の本質そのものだからね」

「それで社会主義に傾倒ですか」

と、清志が念を押した。そのとき、スターリンとポルポトの名が清志の脳裏を掠めた。共産主義あるいは社会主義を標榜する彼らはソ連やカンボジアで自国民の大量殺戮を遂行したからだ。

「まあ、あの当時、大衆の常識として肯定されていた資本主義の価値観に、社会主義の価値観はことごとく対置していたからね」

「今も、四方様の立ち位置は同じですか」

清志が踏み込んで問いかけた。

「それが、ソ連をはじめ東欧の社会主義国が軒並み崩壊してしまっただろう。見かけでは、一応資本主義の勝利だからね。これには私も降参です。私が信奉していた核となるものが崩壊してしまった」

「興味深いお話ですね」

「そう思う」

「はい」

清志は実感を込めて言った。

「学生のとき、私は選ばれし者として、通俗的価値観の破壊を志向していた」

「破壊」

「大衆である凡人が信じ込んでいる正義は支配階級の正義そのものでしかあり得ない。私はこれを排除する。私が唯一信じられるのは自分自身の感性のみである、とね」

「それは飛躍じゃないですか」

いつの間にか四方に対して警戒心をなくした清志が異議を唱えた。

「否、飛躍じゃないよ。例えば過去においては、当時のヒトラーも正義そのものだった」

「それで、貴方は事務次官を志向する高級官僚になった、という文脈は」

「水上君、きみも言うね。だから今の私は女と酒ですよ」

と四方は自嘲気味に言った。

「それで、貴方はあの女性を愛しているということですか」

清志は四方に茶化すように探りを入れた。

「まさか、水上君、彼女に対しては私の欲望、利己心のみですな」

「欲望と利己心って」

「だって、人間は自己の欲望が全て行動の原動力となっているんじゃないの」

四方の言葉に清志が異議を唱えた。

「お言葉ですが、欲望ではなくて、ヒューマニズムではないでしょうか」

「えっ、何なのそれは」

四方は大仰に驚いた声を発した。

「人間の輝かしい未来はヒューマニティにこそ見出すことができると思います」

「水上君、それはユートピアに過ぎないよ」

「何故ですか。欲望による争いでは未来はありません。未来のために人間は必然としてヒューマニティを求めるのです」

清志は躊躇わず直截的に言った。

「理想を求めるのは良いでしょう。しかし、現状は甘くない。欲望と利己心で現実は動いている」

「僕はもっと時間軸を大局的に捉えているんです」

清志は四方に臆せず言い切った。

「まあ、良いでしょう。いずれにしても私は真正なるアナキストですよ。それにアナキストはエリートのみに許される。水上君にアナキストは無縁でしょうな」

四方は言い終えると声を立てて笑った。渇いた笑い声だった。四方の意味不明な主張に清志は切り返す言葉が見つからなかった。

「あっ、水上君、ここでストップ」

そこは旭が丘地区の高台だった。目の前には基礎高な三階建ての豪邸が建っていた。そして、豪邸の敷地境界の入り口は人の背丈以上もある鉄格子風の防護柵で囲われていた。その高台から下方に視線を移すと市街地の明かりが累々と広がっていた。四方は車を降りるとき、清志が料金を告げる前に、

「釣銭は要らない」

と言って、一万円札を三枚後部座席に投げ入れ、そのままスタスタと車を離れて行った。豪邸に吸い込まれるようにして四方の姿が見えなくなったとき、清志は思わず吐息をついた。彼は四方にどのように小馬鹿にされても仕方がないと諦めていた。所詮、四方とは住む世界が違い過ぎるのだ、と彼が自分を納得させていたからだ。しかし、四方が囲っている女にまで小馬鹿にされるとは思ってもみなかった。清志は一万円札を後部座席に放置したまま空のタクシーを走らせた。走り続けているうちに沸々と怒りが込み上げてきた。それは先刻の四方や彼の女

から受けた仕打ちによって、清志の自尊心が無惨にも打ち砕かれてしまったからである。それにしても、そもそも四方と自分に生じた途轍もない差異の根源は何に起因しているのだろうか。それに自分の文無しをあの女が嘲笑する権利がどこにあるというのだ。四方は難関試験を突破して高級官僚になったという。だが、四方は部下が不正経理で捻出した税金で飲み食いし、どれほどの社会貢献をしてきたというのであろうか。清志の四方に対する様々な思いは取り留めもなく拡散した。すると不意に、飽食でパンパンに膨れあがった四方の狸腹を思い浮かべ「理不尽だ」と叫びそうになった。それは社会の仕組みそのものに対する彼の怒りだった。四方と自分との格差は社会が容認している。いわば、それは現行制度が構築した社会正義なのだろうか。彼の内部で既存の価値観が爆ぜて崩れた。彼は傷ついていた。五十八歳、未来に賭ける青春はとうに失われている。希望の見出せない未来ほど絶望的なものはない。絶望的な感の直中で彼は渇き切った体の奥底に妙な疼きを覚えていた。それは渇望である。そして、その渇望の芯に彼は突き当たったのだ。それは四方に対する羨望だった。四方の飽食を実感したい、という欲望だった。突然、四方に取って代わる、という渇望が彼を満たした。今、清志が信じ得るものは論理ではなく、自らが実感する感情や感覚である。この瞬間はただ四方の飽食を手に入れたいという欲望のみである。その欲望を満たすことができるならば、再び自分は蘇ることができるかも知れない、と清志は思った。四方や彼の女は一方的に自分を蔑んだ。それゆえもある。四方の女を奪い、四方の財を奪い取る。彼から奪い取ったところで、何ら責めを負うべきことはないのだ。そして、大衆の犠牲を正当化しているこの社会の桎梏から解放され、格差という不条理を振りまくこの社会のマインドコントロールから解放されるのだ。そう清志は自分自身を鼓舞させて、思いっきりタクシーのアクセルを噴かした。

七

突然、スナック・バー「紬」のママ、中園華子から配車コールがあった。それは全く予期しなかった配車センターからの無線連絡だった。一瞬、清志は躊躇った。だが、直ぐに商売と割り切って中島公園にある彼女のマンションに向かった。彼女はマンションの前で待っていた。清志の車が近づくと彼女が軽く手をあげた。和服姿の如何にも水商売のママさん風の出立ちである。

「あら、お久し振りね。薄野《すすきの》のあたしの店までお願い」

清志の顔を見るなり華子が言った。

「かしこまりました」

清志は事務的に答えて車のドアを開けた。華子が車に乗り込むとき彼女の着物の裾がめくれて白い脹ら脛が剥き出しになった。清志は思わず視線を逸らせ慌てて車を発進させた。歓楽街の薄野までは信号待ちを入れても十五分程もあれば到着する。車が発車して直ぐに華子が話し掛けてきた。

「水上さん、今日の勤務は何時まで」

「はあ、夜の十時までですが、何か」

「あら、それなら今晩、十一時頃、お店に来ませんこと」

華子の意外な誘いに清志は返答に窮した。華子の意図が分からなかったからだ。

「折角ですが、私はどうも」

と清志は終いの言葉を濁した。

「あの、あたし、急なことで悪いんですけど、水上さんにご相談したいことがあるの、お願い」

媚びるような声色である。

「この私に、まさか」

清志は苦笑しながら言った。彼は華子にからかわれていると思ったからだ。

「本当にお願い、他に相談できる人がいなくて」

「一体、何ですか」

華子の真剣な様子に清志は戸惑って尋ねた。

「それはお店で」

それっきり華子は寡黙になった。直ぐにタクシーは華子のスナック・バーが入店しているビルの前に着いた。乗車料金を支払ってタクシーを降りるとき、華子は笑顔を清志に見せた。

「本当にお願い、待っているから、勿論、あたしの奢りよ」

　華子は哀願するような眼差しで清志を見詰めた。


　その日、タクシー乗務を終えた夜に清志は華子の店に行くべきか否か迷っていた。華子が誘ってきた真意が全く分からなかったからだ。清志には初対面で華子に侮蔑された苦々しい思いが残っていた。だから華子が自分を誘う真意がまるで見当がつかないのだ。どうしようか、と散々迷った揚げ句、結局、清志は華子の店に顔を出した。夜の十一時を少し過ぎていた。

「紬」はビルの五階で数軒のスナック・バーが並ぶ一番奥の店だった。白い洒落た扉を押して清志が店内に入るなり、

「いらっしゃいませ」

と華子がカウンター越しに声を掛けてきた。店内には華子しかいなかった。瞬間、華子は親しげな笑顔を清志に見せた。

「あら、水上さん、お待ちしてたわ」

「店はお一人で」

「いつもはあたしの他に、若い娘が一人いるの」

「そう」と清志は言って、それとなく店内を見回した。カウンター席が十個程、それにソファ

コーナーが二箇所、こぢんまりした落ち着いた雰囲気の店だった。

「ブランデーで良いかしら」

軽やかな華子の声だった。

「じゃあ、ダブルで」

「かしこまりました」

と華子は言いながら、ブランデーボトル、氷の入った水差し、それにブランデーグラスの一式をソファコーナーのテーブルに運んだ。

「水上さん、こちらにいらして」

華子はカウンターに腰掛けていた清志に微笑んだ。清志はソファコーナー席に移動した。すると華子は新しいブランデーボトルの口を切った。そして二つのグラスにブランデーを注いだ。それから華子は立ち上がって、入り口ドアの外に掲げている店名表示の電灯を消し、店内の照明を半分程に落とした。そして店内の内側から鍵をかけた。

「本日はこれで閉店。後は水上さんとゆっくりね」

清志は戸惑って華子をまじまじと見た。

「あら、嫌だわ、なに驚いているの」

「いや、思いがけないことで」

「そんな、とにかくゆっくり飲んでくださいな」

華子がそう言ってグラスに口をつけた。華子に促されて清志もグラスに口をつけた。上質で芳醇なブランデーだ、と清志は思った。そのときだった。

「水上さん、ごめんなさいね」

と言って急に華子が清志にしなだれてきた。瞬間、清志は身を固くした。

「初めてお会いしたとき、あたし、貴方に随分と失礼なこと言ったでしょう」

「………」

「でも、あれはあたしの本意じゃないの。四方が嫉妬深くて」

「嫉妬」

「そう、四方は酷い焼き餅焼きよ。あたしが四方以外の男に少しでも興味を示すと、もう大変。あたしは四方の暴力に見舞われるの」

「まさか」

清志は思わず華子の言葉を遮った。

「本当よ。男前の貴方に気があるって思われたら大変なんだから。あたしの自己防御だったの。失礼なこと言って、本当にごめんなさい」

華子は清志を見詰めながら言った。そして華子は清志に二杯目のブランデーをグラスに注いだ。それから空になりかけていた華子のグラスにも注ぎ足した。それを彼女はストレートで飲み干した。

「四方はね、糖尿病でセックスが弱かったの。その分、セックスを奮い立たせようとあたしの体を弄り回し、しつこかったの。異常に嫉妬深いのよ」

突然、華子が清志の胸に顔を埋めた。清志は思わず彼女を抱きしめた。すかさず華子は清志の唇を吸った。それは一瞬のことだった。清志は狼狽した。しかし同時に、彼女の柔和な体の感触とブランデーの程良い酔いが清志を高ぶらせていた。華子は濃厚な口づけの最中に清志の手を取って彼女の胸に導いた。

「ねえ、今夜、四方は東京なの」

華子は意味ありげに微笑んだ。清志を酔いが満たしていた。彼は華子のなすがままになっていた。

「あたし、貴方が欲しい」

華子は着物の裾を開いて両足を清志に絡ませた。彼は飢えていた。何の躊躇いもなく華子を抱いた。心底、華子は燃えているようだった。華子は声をあげ、うめき、そして清志が求める快楽に応えた。ひとしきりの嵐が去って行為が終わると、華子は直ぐに立ち上がり着物の裾を整えてカウンターの奥へ行った。そして髪をなでつけルージュを引き直した。

「飲み直しましょうよ」

カウンターから戻って来た華子が言って、グラスにブランデーを入れ直した。

「水上さん、有り難う、あたし、とても満足したわ」

華子の目は潤んでいた。

「素晴らしかったよ」

清志は華子を賞賛した。

「あたし、嬉しいわ。ところで水上さん、折り入ってお願いがあるの」

急に華子が真顔で言った。

「なに、改まって、怖いね」

清志はわざと首をすくめて言った。彼はいよいよ本題に突入してきたな、と思った。

「嫌ね、怖いだなんて」

華子は軽く清志を睨んでから続けた。

「水上さん、あたしのパトロンになってくださらない」

「えっ、それはないよ、悪い冗談」

華子の言葉に清志は悪意を覚えた。

「あら、あたしは真剣よ」

「だって、俺は、ママが言う文無しさ」

「そのことは、あたし、お詫びしたじゃない、本当に悪かったわ」

華子は深々と頭を下げた。しかし、清志は華子の真意が汲み取れず硬い表情で彼女を直視していた。

「四方がね、近く札幌を引き払って東京に行くの。それであたし、一人になるものだから」

「でも、俺が何故。パトロンは若くて資産家じゃないと」

「あたし、水上さんでなければ駄目なの、他に信頼できる人がいないのよ」

「とは言っても、文無しじゃパトロンの資格なしだ」

清志は自嘲気味に言った。

「それはなしって言ったでしょう。お金は四方から頂くわ」

「彼から頂くって、ママの話、俺にはさっぱり分からない」

「そうよね、詳しくお話しするわ」

華子はまたブランデーグラスに口をつけた。そして華子は彼女の腹案を細かに話し始めた。

四方靖秀は何故か数億円に及ぶキャッシュを貯金せずにその全てを金庫に保管しているという。

驚いたことに、彼女はそれを清志の手を借りて奪い取るというのである。清志は華子の提案を即座に拒絶した。

「あら、どうして断るのかしら」

「ママに加担する理由がないよ」

「良い話なのに、怖いんでしょう」

「そりゃ、そうだよ。ママが怖い」

清志が真顔で言うと華子が口に手を当てて声高に笑った。

「あたし、四方から水上さんのこと、聞いていたの。道庁の有能なエリート職員だったというじゃない。それが実直で真面目過ぎたために辞職に追い込まれてしまった。四方は言っていたわ。俺は自分の身を守るために彼を辞職させた張本人だって。だけど、周囲の圧力に負けて辞職した彼は弱くて馬鹿な奴だ、と笑っていたわ。水上さん、四方に嵌められたのよ。悔しくないの」

「嫌な昔は思い出したくないな」

清志は吐き捨てるように言った。

「あたし、悔しいの。散々あたしを弄びながら、あたしをポイ捨てよ。あたしも貴方も四方からそれ相応の代償を払ってもらう権利があるはずよ。だから水上さん、あたしと組まないこと」

「組むって」

「そう、貴方に悪いようにはしないわ。あたしに任せて」

華子は自信ありげに言った。それからまた二人のグラスにブランデーをたっぷりと注いだ。そして、華子は彼女のブランデーをまたも一気に飲み干した。そんな華子を清志は空疎な思いでただ眺めていた。

「ほら、水上さんも飲んでよ」

華子は清志のグラスを手に取って彼に差し出した。清志もそのブランデーを飲み干した。芳醇で強いブランデーが清志を心地好い酔いに誘った。清志は華子を見詰めた。華子は挑むような視線を清志に返した。そのとき、この女は性悪なのか、と清志は思いながら華子に尋ねた。

「ところでママさん、何をどうするというの」

「あたしを信じて、そのときになったらご相談するわ」

「ママさんは謎めいて何か怖いね」

清志は空になったグラスにブランデーを求めた。華子は清志に体を密着させてグラスにブランデーを注いだ。

「そんなことより、あたし、また燃えてきたわ。お願い、もう一度、抱いてくださいな」

華子はいきなり清志に抱きついてきた。華子を抱きしめた清志に渇くような男の欲望が蘇っていた。彼は貪るように華子の体を求めた。華子の欲求も貪欲だった。二人は獣のように激しく求め合った。その激しい行為の果てに清志はそのまま泥のような深い眠りに落ちていった。

数日後の夕方、清志の自宅に華子から電話がかかってきた。

「水上さん、あたし、華子よ、直ぐに自家用車で来て欲しいの」

何か緊迫したような華子の声である。

「あっ、ママさん……」

と清志が言いかけたとき、それを遮るように華子が話し出した。

「水上さん、絶対来てね、お願いよ」

「どうしたの」

「訳はそのときに。あっ、場所は四方の家、旭が丘よ」

そう言うなり華子は一方的に電話を切った。清志は華子に出勤しない日を知らせていた。彼女は自分が休みの日を狙って呼び出しをかけてきたのだろう、と清志は思った。直ぐ、清志は四方の邸宅に車で駆けつけた。華子は門の前で待っていた。鉄柵の扉は開いていた。清志は華子の面前で車を止めた。華子は緊張した面持ちで無言のまま清志を見た。そして彼女は車を邸内敷地に誘導した。それから彼女は鉄製の門の扉を閉じて鍵をかけた。

「車を車庫に入れて」

と華子が運転席の清志に言った。車庫は一階の邸宅に組み込まれている。居住階は二階と三階である。車を車庫に入れた清志は華子に案内されるまま、一階車庫からエレベーターに乗った。そして二階でエレベーターを降りた。清志は華子に従ってリビングに足を踏み入れた。その瞬間、清志は思わず「あっ」と声をあげそうになった。足が竦んで全身が凍りついた。ソファに四方が横たわっていたからだ。

「そんなに驚かないで、四方はぐっすり眠っているの」

華子は平然としている。

「眠っているって」

清志は声を潜めて言った。

「あたしが睡眠導入剤で眠らせたの」

「睡眠導入剤」

「そう、四方は絶対目覚めないわ、安心して」

「睡眠薬を盛ったの、よく気づかれなかったな」

「セックスの前に、いつものように四方は深酒して、それにヤクも、ちょくちょくしてたから」

「ヤクって、麻薬」

「よく分からない、四方がそう言ってたから。悪戯にやっているのよ。それより水上さん、手伝って欲しいの」

「手伝うって、何を」

清志の問いに答えず華子は寝室に彼を導いた。そしてクローゼットを開けて隅のほうを指差した。そこには大型で長方形の耐火金庫が置かれていた。その金庫はクローゼットの天井と床を貫いている鉄筋の柱に鎖で括られていた。

「この金庫に現金が入っているの」

「現金、幾らぐらい」

「相当なものよ。四方はここの邸宅とあたしの住んでるマンションを売却したの。現金化したその分も、この金庫に保管しているから」

そう言って、華子はまたリビングに戻った。清志も彼女の後についていった。リビングでは四方はぐっすり眠り込んでいた。華子はその四方をちらっと見た。それから華子は四方の傍らに置いてあったビニールの手袋二組を手に取った。

「水上さん、指紋がつくといけないから」

と華子がその一組を清志に手渡した。清志は華子に言われるままビニールの手袋を手に嵌めた。

「金庫の鍵は四方のネックレスに括りつけてるの。まず、この太い金具のネックレスをブリキ鋏で切って、その鍵で金庫を開けて欲しいの」

華子は予め用意していたブリキ鋏を清志に差し出した。ネックレスは簡単に切れた。清志は金庫の鍵を華子に渡した。華子はまた寝室に取って返し清志が見ている前でクローゼット内にある金庫を開けた。華子の言うとおり金庫には一万円札がぎっしりと詰まっていた。

「これは凄い」

思わず清志が声をあげた。清志の動悸が激しくなった。華子は落ち着いている。

「さあ、これからよ、水上さん、覚悟を決めて」

「覚悟」

清志はどきっとして華子を見た。彼女は寝室の隅に積みあげてあった長方形の大型の箱を二個引きずってきた。それは表面にアルミを張った収納用の頑丈そうな箱だった。

「まず、金庫の現金をこの箱に移して」

華子が箱の蓋を開けた。その一つの箱の中には十数枚程のCDディスクと数個の透明なナイロンの白い粉袋が入っていた。

「二億円くらいはあるはずよ。金額は後で確かめるとして、お金を適当にそれぞれの箱に詰めるのね。そして、空になった金庫に、そのディスクと白い粉袋を入れて鍵をかけてくださいな」

華子は収納箱に入っているCDディスクと白い粉袋を指差した。

「それ、何なの」

怪訝に思った清志が尋ねた。

「禁制品よ、セックス映像ディスク。これを見ながら四方が自分を奮い立たせて、あたしを責めるの。それに白い粉は麻薬か覚醒剤かしら。よく分からないわ」

「そんなもの、どうして金庫に」

「この金庫、鎖で括られているから持ち運びができないわ。空の金庫がここにあれば不審に思うじゃない。いずれ誰かがこの金庫を開けることになるわ。そのとき、禁制の物が金庫に入っていれば、この金庫が何故ここにあるのか納得するというわけ」

「恐れ入ったな」

清志は実感を込めて言った。

「さあ、水上さん、このケースに金庫の現金を移して」

清志は華子の指示に従った。清志は大量の一万円札を手にして不思議な感覚に陥っていた。

まるで現実感が湧かないのだ。清志が金庫の一万円札をケースに移し終えると、華子がケースの蓋を閉じロックをした。そして肩をすくめてにやっと笑った。

「さて、次は四方を車庫まで運んで」

「えっ」

と清志は思わず華子の顔を見た。

「何、驚いているの」

「何って、彼をどうするの」

「このままだと四方はいずれ目を覚ますわ。するとどうなるかな」

「どうなるって、まずいな」

「そういうことになるわね。だから四方には一時特別席で休んでもらうのよ」

「特別席って、一体全体何なの」

華子の遠回しな言葉に清志は苛立ちを抑えきれなくなっていた。

「それではお話しするわね。まず、あたしが用意した台車に現金を入れたケース二個を積んで、水上さんの車に運ぶ。次に四方をそこにある一人用の籐の椅子に座らせて台車で車庫まで運ぶ。それから四方を彼の車の助手席に座らせ、シートベルトを着用させる。さらに近くの公園の歩道に車を駐車する。四方を運転席に移動させシートベルトを着用する。四方を乗せたまま車を放置する。最後に水上さんの車であたしをあたしのマンションまで送る。水上さんはそのまま自宅に戻り、現金の入ったケースを保管する、以上。それだけよ」

華子の口調には躊躇いがなかった。

「それがママの完全犯罪」

清志は訝しげに言った。

「そうよ。その公園、夜は人通りが全くないけれど、昼間になれば不審車として必ず誰かが警察に通報するわ。四方の上着のポケットには薬物も入っているし、数日間は取り調べで警察署に留置されることになるわ。現金が盗まれたと四方が言っても、金庫に現金があったという証拠は何もない」

「でも、ママは参考人として警察に呼ばれるんじゃない」

「言い訳は考えてある。それよりあたし、今夜のうちにウトロに発つの」

「えっ、ウトロって」

と華子に意表を突かれた清志は声高になって聞き返した。

「斜里町ウトロよ、知床半島の」

「どうして、ウトロなんかに」

「あたし、羅臼町の出身で漁師の娘なの」

「羅臼町って、知床半島を挟んでウトロとは反対側の」

「そうなの、だからウトロの街は知っているの。それでいてウトロは顔見知りがいないから好都合なのよ」

「ところで、ウトロでの生活はこの現金で」

と、清志は現金ケースを指差した。華子は手を振って否定した。

「当面は、スナック・バー紬の権利を売却した小金で何とかなる。夏になったら漁師の番屋で飯炊きなんかして、一年分の生活費を稼ぐことにするわ」

「じゃあ、ケースの現金はどうする」

「あたし、水上さんに任せる、預かって。あたしは二年程知床で暮らすわ。それも、半年は飯炊き女として番屋でね。番屋に行き着くには道路もないから、漁師の舟じゃないと駄目なのよ。だから見つかることもない」

「番屋って、知床半島の無人海岸」

「そういうこと」

「恐れ入ったな。それにしても、随分と思い切ったプランだな」

清志は実感を込めて言った。

「二人の未来のためよ」

「二人の未来」

「嫌ね、水上さんとあたしのことよ。それに水上さん、安心して。貴方とあたしの接点は誰も知らないから、このことは絶対ばれることはないわ。さあ、だから手伝って」

清志と華子の目の前で四方が眠り続けている。そんな四方を目にしても華子の話には淀みがない。ここまできたら逃げ出すわけにはいかない、と清志は思った。

「水上さん、やっと決心してくれたのね。嬉しいわ」

華子が大仰に言った。そのとき清志に、華子を奪い四方の財を手に入れる、という思いが過った。いつの間にか清志から躊躇いは消失していた。清志は大胆になっていた。まず、清志は華子の計画に従って現金の入ったアルミ箱二個を自分の車に積み込んだ。そして四方の車の助手席に四方を乗せ、その車を公園の歩道まで移動した。そこで車を止めて、四方を助手席から運転席に移動させシートベルトを装着し、そのまま歩道に車を置き去りにした。それから徒歩で四方の邸宅に戻り、華子と一緒に自分の車に乗り華子を彼女のマンションに送り届けた。そして清志は自宅に戻り現金の入ったケースを室内に運び入れた。そのとき、清志は一挙に疲労を覚えた。室内に運び入れた現金のケースを目にしても何か全てが絵空事のように現実感がなかった。ただ、華子から別れ際に手渡されたメモ書きの紙片の感触だけが生々しく残っていた。そのメモ書きには華子の移転先が記されていた。

八

清志が四方を乗用車に乗せたまま公園内の歩道に放置してから二日後のことだった。四方に関する新聞記事が出た。

「元官僚の林業公社トップが酒酔い運転で駐車違反！　覚醒剤吸引か？」

清志は今回のような四方に関する報道を予期してはいたが、実際に新聞記事に接するとやはり尋常でない気分に陥った。清志は記事の細部にわたり注意深く目を通した。彼は金庫の現金のことが気になっていたのである。幸いに金庫の現金に関しては一切記事として掲載されていなかった。そしてその日の午後だった。華子から清志に電話がかかってきた。

「水上さん、あたし、華子だけど分かる」

「あっ、ママ」

「あら、嫌ね、もうママじゃなくってよ。四方のこと、新聞に出てたわね」

「ああ」

「四方はきっと警察にあたしのこと喋るわね」

「そういうことになるね。それでママは大丈夫」

妙に明るい華子の声に清志は危うさを感じ取っていた。

「心配しないで。あたしは予定通りウトロのアパートに潜り込んだわ。それからね、ウトロではあたし、佐藤幸子を名乗っているの」

「えっ、何故」

「用心のためよ、中園華子はあたしの偽名なの。だからウトロでは誰も中園華子を知らないのよ」

「まさか」

清志は驚いて息を呑んだ。

「あたし、携帯電話も処分したわ。だから今、公衆電話からよ。それにアパートには電話も付けないいわ」

「それじゃ、こっちから連絡が取れないよ」

「連絡はいらない。必要があればあたしからするわ。とにかく、あのケースの管理、お願いね」

急に華子が真剣な口調になった。

「ママ、俺を信用して良いのかな」

清志は思わず華子の反応を窺った。

「あら、貴方は裏切らないわ。ほとぼりが冷めるまで、二年程待ってて。その後で二人して、楽しい夢見ましょうよ。それまでの辛抱ね」

「二年も。その後、どうするつもり」

「ちゃんと考えてある。そのときお話しするわ。それから、水上さんは絶対に疑われることはないから、安心してね。じゃあ、電話を切るわ」

華子は清志の返事を待たずに電話を切った。


問題の現金が入った二個のケースは寝室のクローゼットに押し込めてある。清志はまだケースに入った現金の金額を確認していない。否、確認する気が起きないのだ。ケースを前にして、清志は何故か重苦しい圧迫感を覚えるのだ。できるならばケースに入った現金をどこかの金融機関に預けたいと思った。しかし、およそ大金に縁のない者が金融機関を利用することはリスクが大きい。そうかと言って、ケースの現金に手をつけたりすれば、いずれ当局から不審者としてマークされるに違いない。それにケースの現金が火災や盗難に遭わないとは限らないのだ。そんな思いに至った清志はケースの現金の管理が重荷になっていたのだ。いつの間にか四六時中、清志はケースの現金のことが頭から離れなくなっていた。そんな清志に同僚のドライバーたちから、ときどき声が掛かってくることがある。

「おい、水上、このところボンヤリして、どうした」

「何かあったんじゃない」

その度に清志は平静を装った。

「いや、別に」

などと、彼らの探るような視線をさりげなくかわしたりした。その後も華子からは思い出したように電話がかかってきた。それはケースの現金の所在と安全を確認するだけの電話だった。華子には現金ケースのことしか関心がないようだった。その頃になって、清志はやっと冷静な自分を取り戻しつつあった。そんなとき、清志は四方から華子と金庫を手に入れた事実の意味を確かめそれを反芻した。

四方から女と財を奪い取り自分に何が満たされたのだろうか。突き詰めてみると歓喜はない。実感するのはただ無機質で不安に満ちた渇いた日常である。その日常の帰結は、四方を窮地に追い込んだことに、アナキズムとも無縁な単なる強奪で大義がなかったということか。確かに、反体制を標榜しつつ現実には体制側の中枢を志向し、その身を委ねていた四方には許し難いものがある。だが自分自身はどうであろうか、と清志は思った。自分は学生の頃マルクス主義に少なからず傾倒し、社会変革の妨害になるとして中産階級さえも軽蔑していたはずなのに、いつの間にか富裕層に憧れそれを志向していた。そんな自分自身と四方との間にどれほどの本質的な差異があるというのか。あるとすれば、結果として自分は敗残者となり、四方は高額な退職金や高給な天下りポストなど不当と思われる優遇措置を手に入れたことである。だが、四方が手に入れたそれらは現存する諸制度に起因するのであって、四方を直接攻撃することに正当性は見出せない。例えば四方のありようは、政治活動として新たな政党を結成することによって、旧政党でせしめた数十億円に及ぶ税金である政党交付金を脱法的にせしめる国家権力の中枢にある悪徳政治家などとは本質的に異なるはずである。結局、四方に対する自分の仕打ちはいわれなき暴走に過ぎなかったのではなかろうか……。清志は様々に自問自答した。そして清志は寒々とした思いに陥った。それは明日の未来を失いつつある彼の無味乾燥な現実感だった。彼は半ば女と金を獲得しつつも心が疼いているのだ。彼はクローゼットの戸を開けて現金ケースの存在を確かめた。現金ケースは確かに二個ある。二年間もこの現金ケースと向き合い保管し管理する。そしてその二年後、華子の言うように満たされる日々が本当に訪れるのだろうか。否、と清志は思った。恐らく華子と自分の関係はその前に破綻するに違いない。華子は自分をくわえ込み四方を陥れた女である。そんな華子と共有し得る喜びは皆無である。華子は現金のみに執着しているのだ。多分、自分は利用されているだけなのであろう。それに、華子の線から捜査当局にこの現金ケースが発見されることもあり得るのだ。その場合、自分が逮捕されることも想定される。逮捕されたら、と清志は思わず身震いをした。そのとき不意に、清志は現金ケースをウトロの華子に送り届けることを思いついた。彼は衝動的に現金ケースを梱包する荷造りを始めた。梱包はケースが破損しないよう念入りにしたので三十分以上もかかった。届け先は佐藤幸子、送り主は中園華子とし、送り主の住所は虚偽の地名を記載した。華子に現金ケースが届いたら彼女から連絡してくるだろう。華子と接触を続けることは危険である。華子との接触を遮断するには携帯電話を処分し、現在居住のマンションを売却し居住場所を変更する必要がある。清志がそう思ったとき、ふと彼の思考が停止した。彼には新たな居住先が思い浮かばなかったのだ。彼は行き先が思いつかず焦燥感に駆られた。そのときだった。彼に故郷の緑野が蘇った。それは何故か懐かしい昔の緑野だった。至るところで使役に耐えて懸命な農耕馬、樹木の豊かな小高い丘、狭い砂利道の人馬の往来、そして夜の灯油ランプの仄暗い明かりなど、そのどれもが清志の郷愁を誘うのだ。だが、現在その緑野はどうであろうか。目につくのは畑地で音をがなり立てて動き回るトラクターと、舗装道を頻繁に往来する車両ばかりである。それに小高い丘は削り取られて平坦な畑地になってしまった。そして緑野の夜は電灯が点って灯油ランプの仄暗い影はどこにもない。つまりは昔の緑野は見当たらないのだ。今になって、緑野に何を求めようというのであろうか。今の緑野には昔の故郷を見出すことは難しい。そう思案を巡らせていた最中に、漸く清志は緑野の父母や綾野純子の存在に辿り着いた。そして、緑野が蘇ったのは彼らのせいであることをはっきりと自覚した。つまり彼らから昔の緑野の香りを感じ取ったのだ。緑野では父母と純子が一緒に暮らしている。実質的には八十歳を過ぎた父母の面倒を純子が見ているのだ。彼らの生活費は畑地の賃料を主な収入源として、その不足分を補うため父母は家事の傍ら自家用の野菜作りに励み、純子は近隣の農家で日雇いをして稼いでいる。夫を亡くした純子と、息子を諦めている父母が、肩を寄せ合い緑野で細々と日々を重ねているのだ。何故これまで前向きで懸命な彼らに思いが及ばなかったのだろうか、と清志に自責の念が込み上げてきた。同時に彼らを愛おしく思い彼らと日々を共有したいという願望に満たされた。四方靖秀と中園華子を巡る日常に疲労困憊していた。現在、清志が希求しているものは即物的な欲望を満たす金や女ではない。今、彼が心底望んでいるのは静穏な安らぎである。換言すればヒューマンに満ちた日常である。緑野に帰りたい、という激しい思いが清志を突きあげた。緑野で働こう。自宅マンションの売却金を当面の生活費に充てることができる。それに数年後には年金収入もある。今度こそ緑野で父母や純子をしっかりと支えるのだ。そう決意した清志はやっと自分の行き場を見出すことができたと思った。彼は高揚していた。彼は昔を懐かしみ、京都に向けて緑野を出立した日を回想した。あのとき純子の瞳が間近にあった。彼女の大きな黒い瞳は澄んでいた。吸い込まれそうなその瞳はどこか虚ろで悲壮感が漂う色だった。あれから幾多の歳月を重ねて、今、緑野で日々を過ごす純子の瞳はどうであろうか。それはかつていつも見慣れていた昔の優しさに満ちた深い色であろうか。清志は純子に魅せられている自分に気がついた。緑野で綾野純子と共に暮らす。それが自分に残された唯一ヒューマンな日々を重ねることになるはずだ、と清志は独り思った。

参考文献

『密漁の海で　正史に残らない北方領土』本田良一、凱風社

本作に収録した作品はすべてフィクションです。

著者プロフィール

野上 勇一（のがみ ゆういち）

本名、藤原勇一
1942 年、樺太で生まれる
1966 年、立命館大学法学部二部卒業
1966 ～ 2002 年、北海道職員として勤務

北辺の地の点描 四つの物語

2020年 6 月15日　初版第 1 刷発行

著　者　野上 勇一
発行者　瓜谷 綱延
発行所　株式会社文芸社
〒160-0022 東京都新宿区新宿1－10－1
電話 03-5369-3060（代表）
03-5369-2299（販売）

印刷所　神谷印刷株式会社

ISBN978-4-286-21733-8